KB096224

풀빵이 어때서?

풀빵이 어때서?

김학찬 장편소설

창비

차 례

프롤로그

가업(家業)

요즘 세상에 가업을 물려받는 일은 흔치 않다. 아버지가 무슨 회장님쯤 된다면 모를까. 가업이란 아무나 이을 수 없는 귀하디귀한 것이다. 어디 가서 "가업을 물려받을 계획이야"라고 말하면 나를 보는 사람들의 눈빛이 달라졌다.

호텔 커피숍 로비에서 나를 확인하는 순간 그녀는 바닥에 한숨을 뿜었다. 나는 잘 꾸밀 줄도 모르고 옷이나 머리에 관심도 없다. 뭐, 그녀의 한숨과 식어버린 미소를 이해할 수 있다. 우리 집안을 모르는 상태니까. 대신 가슴도 크고 얼굴도 예쁘니까, 뭐.

"대단한 건 아니지만 아버님의 일을 잇고 있습니다. 아버님도 아직 일선에서 활약 중이시구요. 워낙 정정하셔서 쉽게 물러나실 것 같지도 않아요, 하하. 그리 크지는 않지만 그럭저럭 먹고살 만한 정도는 됩니다."

그녀의 눈에 다이아몬드가 둥둥 떠다녔다. 그녀는 소매를 슬쩍 가다듬더니 다리를 꼬고 손목을 내 쪽으로 돌렸다. 나, 당신에게 관심 있어요. 당신의 가업이 뭔지 궁금해 죽겠어요. 저, 어떤 집안인가요? 내 목에 큐빅 대신 진짜 다이아몬드를 왕창 걸어줄 수 있나요?

대대손손 물려받을 만한 직업은 드물다. 좋은 직업이란 그것을 자식에게 물려줄 생각이 드는 것이다. 그리고 자식에게 물려주고 싶은 직업은 곧 전문직이다. 의사나 판사, 검사? 결국 다 '사' 자 직업 아닌가. 그런데 전문직은 물려주기 어렵다. 부모가 똑똑하기도 어려운데 자식마저 똑똑한 행운은 드물다. 결국 자식이 똑똑하지 않아도 물려줄 수 있는 직업은 회장님 아니면 사장님이다.

젊은 사람들은 취업이 어렵다, 경기가 나쁘다, 대학을 나와도 할 일이 없다고 한다. 나는 취업에 어려움을 느낀 적도 없고, 할 일이 없어 놀아본 적도 없다. 자랑 같지만, 사실 자랑이지만, 어릴 때부터 물려받을 가업이 있었다. 요즘 같은 취업난에 재수 없어 보일지 모르겠지만 어쩌겠는가, 이것도 다 내가 타고난 복인걸. 청소부 아버지를 부끄러워할 이유가 없듯 사장 아버지를 부끄러워할 이유도 없다. 어차피 선택의 여지도 없고.

아버지의 직업이 부끄럽다고 생각하거나, 아버지와 다른 삶을 폼 나게 살아보려고 발버둥치는 사람들이 안타까웠다. 그들을 이해하지 못하는 건 아니다. 가업이 아니었다면 나도 그들과 비슷했겠지. 자연스럽게 아버지의 일을 익히고 그것을 물려받을 수 있었던 건 분명 축복이다. 부자지간에 전수되는 노하우만큼 특별한 것은 없다. 태어날 때부터 이미 우리는 스승과 제자였다. 나는 어릴 때부터 재벌가 못지않은 제왕교육을 받으며 자랐다.

가업을 물려받으면 좋은 점은 또 있다. 진로? 적성? 평생을 투자하고도 찾지 못해 후회하는, 이런 것 따위를 고민할 필요가 없다. 가업이란 마치 종교와도 같아 어릴 때부터 자연스럽게 이어야 한다고 세뇌받게 된다. 어릴 때 보고 듣고 배운 모든 것이 대부분 가업과 관련되었다. 한치의 의심도 없이 아버지의 일을 물려받을 준비를 했다. 아버지도 이런 나를 기특하게 여겼다. 이 정도면 가업에 관한 한 완벽한 부자지간이다.

아버지가 회사원이더라도 아들이 같은 회사에 들어가지 않는 이상 가업을 잇는다고 할 수 없다. 같은 회사에 들어간다고 해도 아버지가 사장쯤 돼야 가업을 잇는 거지, 똑같은 평사원이라면 대를 이어 충성만 바칠 뿐이다. 대부분의 회사원 아버지들이 자신의 직업에 불만을 갖고 있다는 점까지 고려하면 가업을 잇는 일은 정말 힘들다. 역시 나처럼 태어나는 수밖에 없다.

그녀와 한참 수다를 떨었다. 가업에 대한 이야기는 하지 않고 슬쩍 냄새만 풍길 생각이었는데 생각보다 너무 많은 이야기를 했다. 이런 내 이야기가 상대에게 부담스러울 수도 있는데…… 다른 사람을 배려하는 것도 제왕교육의 일부였다. 아버지는 배려도 강조하셨다.

"옷도 그렇고, 참 검소하신 것 같아요."

"아버님 때문이죠. 어릴 때부터 사치스러운 옷은 말도 못 꺼내게 하셨지요."

"훌륭한 아버님이시네요. 저, 그런데 하시는 일이 뭔지 여쭤봐도 돼요?"

"하하, 그럼요."

"하시는 일이……?"

"외식업입니다. 유통도 약간, 아주 약간 겸하고 있으시지요. 예전에 교육 쪽과도 손을 잡으신 적 있지만 어디 그게 돈 보고 할 일인가요. 전 아직 교육 쪽과는 인연이 없지만 늘 관심은 두고 있습니다."

"그럼 롯데나 씨제이 같은 건가요?"

"하는 일만 두고 보면 비슷하긴 한데, 하하. 그런 큰 기업에 댈 바는 아니죠. 저희는 장인정신을 중요하게 여기는 편이라서 대규모 사업은, 글쎄요."

"어머, 겸손하시기까지 하네요."

그녀의 얼굴에 감탄과 의문이 뒤섞였다. 그녀는 다시 옷매무새를 가다듬었다. 나는 얼마 전에 다녀온 미술전시회 이야기를 꺼냈다. 너무 집안 이야기만 하는 건 실례지. 이번에 예술의 전당에서 한 전시회에서 말이죠, 현대적이면서 도전적인 세련미를 담은 새로운 화가의 등장으로…… 그녀는 숫제 나를 존경할 기세였다.

"저, 하시는 일에 대해 조금 더 알고 싶어요. 너무너무 궁금해요."

"혹시 타꼬야끼라고 들어보셨나요?"

"타꼬……야끼요?"

"네."

"술집이나 길거리에서 파는 거요?"

"아, 들어보셨나보죠?"

"문어 그림이 있는 거 말씀이시죠?"

"'타꼬'는 일본어로 문어입니다. '야끼'는 굽는다는 거고요. 우리말로 하면 문어빵이지요."

"아아, 이번에 타꼬야끼 전문점을 런칭하시는가보네요. 어디다 내세요? 신사동?"

"아뇨, 제가 타꼬야끼를 굽지요."

"와, 직접 굽기도 하세요?"

"그럼요. 제가 안 구우면 누가 구워요?"

갑자기 그녀가 입을 다물었다. 기대로 부풀었던 얼굴이 뭉개지면서 혼란과 황당이 드러나기 시작했다. 잠시 후 그녀는 커피를 한 모금 마시고 나서 입을 열었다.

"죄송한데요, 잘 이해가 되질 않네요. 분명 가업을 잇는다고 하지 않으셨어요?"

"네, 아버지처럼 저도 풀빵을 굽는데요?"

풀빵의 계보

"그래서?"

"그냥 그랬다는 거죠. 천안의 상징이 된 호두과자도 풀빵 출신인데. 아들 소개팅한 이야기가 아니면 무슨 이야기를 할까요? 식사하셨어요?"

"했다."

"거기 날씨는 어때요?"

"좋지."

"비라도 오길 빌어야겠네요. 아버지, 날씨나 식사 이야기보다 그래도 아들이 며느리가 될지도 모르는 여자를 만나고 온 게 더 재미있지 않을까요?"

"며느리가 될 것 같지 않은 이야기더라."

"말이 그렇다는 거죠."

"말만 그런 것 같구나."

"이러니까 제가 집에 안 가는 거잖아요. 장사 잘되시죠?"

"어제랑 같지."

"어제는요?"

"그제랑 같지."

"아까부터 무슨 대답이 계속 그래요. 잘된다는 말로 알아들을게요."

"내 걱정은 말고 넌 좀 어떠냐? 걱정은 내 몫인 것 같다만."

"이제야 좀 부자지간다운 대화가 되는 것 같은데, 웬일이세요? 제 걱정도 다 해주시고. 불안하게."

"매번 잘된다고 하는데 믿어지지가 않아서. 타꼬야끼가 뭐냐, 타꼬야끼가. 안 그래도 요즘 일본식 술집이다 뭐다 해서 왜색이 넘쳐흐르는데, 그런 걸 길가에서까지 굳이 팔아야겠냐. 먹어보니 가격도 비싸고 배도 부르지 않더라. 탁구공만한 것 네알에 천오백원이라니 너무하지 않으냐. 붕어빵은 천원에 다섯마리다. 하긴, 일본 놈이 만드는 게 다 그렇지. 별것도 아닌데 눈만 현혹시키고."

"그건 아버지가 그렇게 파시는 거구요, 요즘은 천원에 세마리가 대부분인데요. 왜, 백화점에 가면 더 비싸게도 팔아요."

"그래도 붕어빵 세마리가 탁구공만한 것 네알보다야 훨씬 배부르지. 백화점 이야기는 하지 말자꾸나. 아무리 백화점이라도 그렇지 손댈 게 있고 손대지 않을 게 있건만."

"고급화할 수도 있는 거죠. 풀빵이라고 항상 길에서만 팔아야 하는 것도 아니구. 시대도 살피셔야죠."

"백화점 붕어빵에는 금가루라도 들어갔다더냐?"

"단호박은 들어가던데요. 그것도 유기농으로."

"자고로 길거리음식은 서민음식이어야 해. 값싸고 속 든든하게 해주는 게 길거리음식의 책무야. 쓸데없이 고급화하는 건 서민들의 기대를 배신하는 거지."

"그럼 오뎅은요? 오뎅도 요즘 비싼데. 한개 오백원에서 칠백원, 천원도 해요."

"오뎅은 대신 국물이 공짜잖니. 국물 덕분에 속도 따뜻하고. 오뎅값엔 국물값도 포함되어 있으니 괜찮다. 한국 사람은 그저 국을 먹어야 하거든."

"아, 호두과자도 타꼬야끼랑 크기가 비슷한데, 아버지 호두과자는 인정하시잖아요?"

"호두과자는 천원에 일고여덟알은 주지. 요망한 것보다 두 배는 배부르다. 참, 호두가 몸에 좋은 건 너도 알지?"

"붕어빵에는 붕어가 없다는 우스갯소리도 있잖아요. 타꼬야끼에는 문어가 들어가요. 문어에는 타우린이 많아 피로 회복에 좋아요."

"붕어빵이 무슨 죄가 있냐. 틀에 박힌 사고가 문제지. 그리고 붕어 대신 팥앙금이 들어가질 않느냐? 붕어빵에 팥이 들어간 건 일종의 사고의 전환이라고 보는 게 옳지. 막상 붕어빵에 붕어가 들어가면 끔찍할걸. 이름과 실제가 같은 게 좋기만 한 건 아니다. 같지 않아서 좋을 때가 더 많지. 아, 쥐꼬리만한 문어 조각에 타우린이 있어봐야 얼마나 있겠니."

"후, 아버지 배터리가 없어서요. 이만 끊을게요."

*

배가 아파 화장실로 급히 뛰어갔는데, 한바탕 시원하게 쏟아낸 것 같은데, 분명히 배가 아파서 화장실에 온 게 맞는데, 쏟아낸 게 부족한 것 같지도 않은데, 여전히 미묘하게 배가 아프고 밑을 닦으려니 찝찝한데, 하지만 더이상 나오지 않고, 결국 심각한 표정으로 변기에서 일어날 수밖에 없는, 그런 상황. 이 상황은 내가 타꼬야끼의 세계로 입장하면서 해결되었다.

무슨 말이냐 하면 나도 시작은 붕어빵이었다. 어릴 때부터 아버지한테 배운 건 붕어빵 굽는 것밖에 없었다. 아버지는 붕어빵의 명인이었다.

어린 내 눈에 붕어빵은 단순하면서도 경이로웠다. 아버지의 손에서 붕어빵이 구워지는 장면은 생명의 탄생과 같았다. 하나, 틀에 윤기가 날 정도로 기름을 바른다. 둘, 틀 위에 삼분의 이쯤 반죽을 붓는다. 주전자 끝에서 반죽이 부드럽게 흘러나온다. 셋, 무심한 듯 팥앙금을 쳐 넣는다. 넷, 다시 그 위에 반죽을 더 붓고 뚜껑을 덮는다. 다섯, 순서대로 열두개의 뚜껑을 덮고, 다시 순서대로 회전시킨

다. 도중에 한번 열어보지도 않고 앞뒷면이 모두 구워지는 시간을 안다. 여섯, 앞면과 뒷면이 모두 구워지고 나면 다시 탁탁탁 뚜껑을 열고 붕어빵을 꺼낸다. 신이 태초에 인간을 빚는 모습이 이와 같았으리라.

아버지가 빚는, 아니 굽는 붕어빵은 이거 완전 붕어빵이네! 할 정도로 똑같았다. 팥앙금의 양이 다를 수 있지 않으냐고? 명인의 손은 모든 붕어빵에 공평한 팥앙금을 부여했다. 공평하게 구워진 수백개의 붕어빵을 보면 오병이어의 기적을 보는 것 같았다. 게다가 오병이어는 다섯개의 떡과 두마리의 물고기고 붕어빵은 빵이면서 물고기니, 어린 내 눈에 아버지가 만든 수백개의 붕어빵과 수천년 전 기적은 다르지 않았다. 과자를 받기 위해 교회에 나갈 때라서 그랬을까.

고등학교를 졸업하자마자 붕어빵을 구웠다. 정확히 말하면 수능시험을 보고 나서 곧바로 붕어빵을 구웠다. 점퍼를 껴입은 학생 서넛이 모여 군고구마를 파는 아마추어와는 달랐다. 용돈을 벌 생각이 아니라 평생직장으로 붕어빵 장사를 시작했다. 친구들이 대학교를 탐방하고(그래봐야 점수 맞춰 쓸 거면서) 전공과 진로를 탐색하고(그래봐야 점수 맞춰 쓸 거면서) 배치표를 사다가 자신이 지원할 대학을 결정하고(그래봐야 점수에 맞는 대학 몇군데 중에서 고를 거면서) 입학원서를 쓰고 합격과 불합격의 기로에서 허우적댈 때(그럴 줄 알았지), 나는 평화롭게 붕어빵을 구웠다.

"대학 안 갈 생각이냐?"

한바탕 입시상담을 하느라 지친 얼굴이었다. 담임이 담배에 불을 붙였다. 나도 한대 피우고 싶었지만 졸업장을 받기 전이었다.

"하고 싶은 일이 있어서요."

"뭔데?"

탁탁탁. 갓 구워진 붕어빵을 꺼내 살짝 탄 부분을 정리했다.

"이거요."

탁탁탁. 붕어빵틀을 돌렸다. 붕어빵틀은 중력과 무관한 듯 부드럽게 돌아갔다. 반죽이 익는 냄새를 맡으니 마음이 편안해졌다.

담임은 말없이 담배만 빨며 내 손을 바라봤다. 민망하게 왜 손을 보지? 그동안 여섯명의 손님이 왔다 갔다. 담임이 옆에 있건 말건 손님들에게 붕어빵을 팔고 싶었지만 마음대로 되나. 당당해봐야 얼마나 당당하고 비굴해봐야 얼마나 비굴하겠는가. 그냥 친절하게 붕어빵을 팔았다. 아직 어린 나를 기특하게 보는 손님도 있었고 불쌍하다는 듯 혀를 차는 손님도 있었지만 어느 쪽이건 신경 쓰고 싶지 않았다.

하고 싶은 걸 하는 것과 쓸데없이 노는 건 언뜻 같아 보이지만 분명 다르다. 그런데 사람들은 젊은 애가 독특한 일에 평생을 바치겠다고 하면 은근히 속으로 비웃는다. 상대방의 노력에 대한 건 관심이 없고 뜨거운 열정은 철이 덜 든 것으로, 치기 어린 몰입으로 치부한다. 평생 붕어빵과 함께하겠다는 말이 장난처럼 들리고 오해의 여지가 있다는 걸 모르지 않지만, 오해가 반가울 리 없다. 담임이 두번째 담배에 불을 붙였다.

"성적도 나쁘지 않잖아. 인서울도 가능하고 그럭저럭 이름 들어 본 대학도 잘하면 노려볼 수 있겠던데. 등록금이 없어서 그런 거라면 두세 칸 정도 낮춰서 장학금 받는 방법도 있고."

"등록금은 있어요."

"벌써 등록금 마련할 만큼 번 거냐? 그렇게 장사가 잘돼?"

"아뇨, 아버지한테 있겠죠."

"아버지도 붕어빵 굽지 않으셨나?"

"네. 근데 선생님."

"어."

"저기, 조금만 떨어져서 피우시면 안될까요? 저 음식 만드는 중인데."

"음식."

담임은 무겁게 음식, 하더니 다른 군말 없이 오른쪽으로 피했다. 바람막이 때문에 담임의 모습이 보이지 않았다. 십분 정도 지났을까, 다른 손님도 없고 아무 인기척이 느껴지지 않았다. 갔나? 라디오를 켤까 하는데 오른쪽에서 연기가 천천히 흩날리는 게 보였다. 정말 골초다. 몇대째야.

대학, 가려면 갈 수 있다. 아버지는 입버릇처럼 풀빵 장사는 입에 풀칠만 하면 된다고 했지만 제법 돈을 많이 벌었다. 우리나라에서 가장 유명하고 인기 있는 붕어빵집은 아니지만 아는 사람은 다 알았다. 단골도 많고 멀리서 차 타고 오는 사람도 있었고 여름에도 붕어빵을 팔 수 있는 몇 안되는 곳이었다. 붕어빵 좀 먹어봤다고

목에 힘주는 사람 중에서 아버지를 모르는 사람은 없었다. 물론 아버지나 나나 돈 때문에 붕어빵 장사를 하는 건 아니다. 오른쪽에서 날려오던 연기가 사라졌다.

탁탁탁.

탁탁탁.

이십분쯤 지난 것 같다. 담임이 다시 얼굴을 들이밀었다. 이 날씨에 가만히 서 있으려면 힘들었을 텐데.

"잘하네. 이천원어치 줘."

"오천원어치요?"

"이천원이라니까. 어어, 아까 구운 거 담지 말고 팥 많이 넣고 바로 구워서. 학교 가서 나눠 먹게."

"처음 사가시는 건데 오천원어치 사시죠. 만원어치 같은 오천원어치로 담아드릴게요."

"이 시간에 학교에 몇명이나 있을지 어떻게 알아. 붕어빵, 식으면 맛없잖아."

"제가 구운 건 식어도 맛있어요. 전 맛없으면 환불, 이런 것도 안 해요. 맛없을 리가 없거든요. 학교에 몇명이나 있을지 모르는데 혹시 부족하면 어떡해요."

"또 사러 오면 되잖아. 그리고."

담임이 또 담배를 꺼내 불은 붙이지 않고 입에 문 채로 웃었다.

"대학 갈 패기가 있는 애들이야 많지만 대학 안 갈 패기가 있는 애들은 없는데. 대학 안 가려는 학생한테 고3 담임이 할 말은 아니다만, 잘해봐."

담임은 붕어빵을 들고 총총히 사라졌다. 특별히 두마리 더 넣어줬다. 오천원어치 샀으면 왕창 더 넣어줄 마음도 있었지만.

탁탁탁.

담임도 참.

*

"오늘은 배터리가 있냐?"

"이상하게 곧 떨어질 것 같네요."

"그놈의 배터리 성질머리하고는, 역시 모든 물건은 주인을 닮는 법이야."

"물건만 주인을 닮나요, 음식도 만드는 사람을 닮겠죠."

"뭐라는 거냐. 당연한 소릴 가지고."

"신경 쓰지 마세요. 무슨 일이세요?"

"일은 무슨, 아비가 아들에게 전화하는데 무슨 일이 있어야 할까."

"용건 없으면 전화 잘 안하시잖아요."

"할 수도 있지."

"네, 할 수도 있죠."

"춥지 않냐?"

"여긴 별로 안 추워요. 그쪽은 어때요?"

"하긴, 넌 트럭 안에 갇혀서 일하니 추운 줄도 모르겠구나."

"아버지, 제가 타꼬야끼 구운 지가 언젠데 계속 시비 거실 거예요? 이제 인정해주실 때도 된 것 같은데요."

"아버지의 충고가 담긴 말에 시비라고 하는 아들 녀석이라, 인정은 아직 이른 것 같구나. 어서 눈을 뜨길 바라마."

"잘못했어요."

"그럼 다시 붕어빵으로 돌아올 테냐?"

"아뇨, 시비란 말 쓴 것만 잘못했다구요."

"아직 멀었구나. 깨달음은 만만치 않으니."

"그러지 말고 제가 만든 타꼬야끼 한번 드셔보시면 안돼요? 드셔보시면 생각이 바뀌실 텐데."

"많은 사람들이 우선 먹어보고 생각을 바꾸라고 하지. 진정 맛있는 건 먹어보라고 억지로 권하지 않아도 알아서 사람들이 찾아 먹게 되어 있다. 먹어보라고 권하는 건 대부분 사기야. 텔레비전에 나오는 맛집치고 어디 맛있는 곳이 있더냐."

"아버진 그런 데 가시지도 않으면서 어떻게 맛있는지 맛없는지 아세요?"

"보지 않고도 믿는 자가 복되나니."

"아버지 교회 나가세요?"

"너 아직도 과자 받으러 교회 나가냐?"

"아뇨."

"그런데 넌 저 말이 성경에 나오는지 어떻게 아냐? 내 아들이긴 하지만 어릴 때 들은 걸 기억할 만큼 똑똑한 녀석은 아니었는데."

"읽지 않고도 아는 사람이 똑똑한 거죠."

"똑똑한 애가 어리석게 그거나 굽고 있냐. 붕어빵의 품으로 돌아오거라. 너를 용서할 준비가 되어 있다. 어쨌든 네 아버지니까."

"용건이 있긴 있었네요."

"그러게 말이다. 곧 배터리가 떨어질 테지?"

"네, 다음에 전화드릴게요."

*

역시 박씨 아저씨는 부지런하다. 트럭을 몰고 나가면 항상 박씨 아저씨가 먼저 나와 있다. 박씨 아저씨 덕분에 자리 걱정은 하지 않는다. 윤씨 아저씨는 박씨 아저씨보다 자주 나오지만 출퇴근은 종잡을 수 없다. 나는 늘 정시에 출근한다. 더 일찍 나가지도 않고 더 늦게 퇴근하지도 않는다. 너무 부지런해도, 너무 게을러도 타꼬야끼의 맛이 흔들릴 수 있다. 항상성을 유지할 필요가 있다. 변화는 충분한 항상성 위에서 움직이는 법이다.

"안녕하세요, 형님."

"어, 춥네."

박씨 아저씨는 순대와 만두를 판다. 학생들은 박씨 아저씨를 순대차라고 부른다. 나는 타꼬라고 불렀다. 윤씨 아저씨는 도나쓰다. 이런 말 하면 안되겠지만, 이런 말 하면 안되는 건 알지만, 박씨 아저씨는 순대를 팔게 생겼다. 그렇다고 내가 타꼬야끼를 팔게 생긴 건 아니고. 타꼬야끼를 팔게 생긴 얼굴이라는 건 동글동글한 얼굴에 대머리? 아니, 카쯔오부시가 올라가니 대머리는 아닌 것 같지만 그래도 타꼬야끼에 어울리는 관상이라면 동글동글한 얼굴은 필요할 것 같다. 여하튼 타꼬야끼에 어울리는 얼굴은 자신할 수 없지만 순대에 어울리는 얼굴은 있다. 그러니까 박씨 아저씨 말이다.

순대란 게 뭔가. 돼지 내장에다가 돼지 피를 철철 들이붓는 일 아닌가. 그렇다고 박씨 아저씨가 직접 순대를 만들어 판다는 건 아니고. 박씨 아저씨는 순대공장에서 비닐 포장까지 된 순대를 받아온다. 간판에는 '토종순대'라고 적혀 있지만 그건 토종순대를 판다는 말이지 직접 토종순대를 만든다는 건 아니다. 박씨 아저씨는 똑같은 토종순대라도 그걸 찌는 시간이나 방법에 따라 맛이 다르다고 했다. 만두도 마찬가지고. 만두에도 박씨 아저씨만의 비결이 있다. 매일 아침 만두공장에서 바로 받아온 만두를 파는 게 비결이라고 하는데, 역시 박씨 아저씨가 만드는 건 아니다. 만두공장에서 전날 만든 만두를 내줄지도 모르잖아요,라는 질문은 차마 하지 못했다.

박씨 아저씨가 직접 만드는 건 아니지만 어쨌든 순대와 만두는 둘 다 고기가 들어가니 육식성이고, 그 점이 박씨 아저씨와 잘 어울렸다. 박씨 아저씨를 실제로 본 사람들은 모두 내 말에 고개를 끄덕일 텐데. 박씨 아저씨는 얼굴과 직업이 혼연일체를 이룬다.

이곳, 대학교 옆에서 장사를 시작하게 된 것도 박씨 아저씨 덕분이다. 붕어빵에서 타꼬야끼로 전환하고 나자 장사를 할 곳이 없었다. 원래 붕어빵을 팔던 곳은 바로 옆에 타꼬야끼를 파는 사람이 있었다. 길거리 장사에도 인의예지가 있다. 가끔 인의예지를 무시하고 힘으로 다른 업종을 침략하는 경우도 있지만 나는 대화를 나눠보다 불리하다 싶으면 재빨리 도망치는 쪽이라 다친 적은 없다. 춘추전국시대나 지금이나 인의예지의 한계는 여기까지다.

자리를 바꿔가며 이곳저곳 돌아다녀봤지만 영 신통치 않았다. 괜찮다 싶은 자리는 어김없이 자리 주인이 있었다. 누구나 자유롭게 돌아다니는 길거리지만 주인은 다 있다. 한두시간 장사하다가 주인이 오면 자리를 옮기는 경우도 많았고, 재수 없으면 오전 내내 번 것을 내놓으라며 시비를 거는 사람도 있었다. 아무도 없는 자리는 그만큼 장사가 안되는 곳이었다. 자리보다 맛으로 승부할 생각이었지만 길거리 장사는 맛만큼이나 자리가 중요하다.

쿵. 살짝, 쿵.

"죄, 죄송합니다."

앞차를 들이받았을 때보다 차에서 내려 앞차 운전자의 얼굴을 보는 순간 다시 입대라도 해서 도망치고 싶었다. 아니, 일개 중대가 출동해도 제압하지 못할지도 몰라…… 앞차에 '인간적인 순대&만두'라고 적혀 있었는데 내 눈에는 마치 '인간 넣은 순대&만두'라고 보일 정도였다. 당장 트렁크에서 손도끼라도 하나 꺼내며 '오늘 만두소에 넣을 인육이 여기 있네?' 할 것 같았다. 아니면 '보상이라니 무슨 그런 냉정한 소릴. 대신 팔이나 하나 내놓으시지. 아, 팔보다 다리가 더 낫겠군. 타꼬야끼 장사하는 데 다리쯤은 없어도 괜찮겠지?'라거나.

"죄송합니다, 죄송합니다!"

키가 백구십 센티미터도 넘을 것 같다. 농구선수를 하고도 남겠는데 덩치가…… 백 킬로그램도 가뿐히 넘겠다. 이만하면 농구가 아니라 이종격투기를 하는 편이 개인과 국가를 위해 좋을 텐데. 시대를 잘못 타고나서 순대를 팔지 조선시대에 태어났으면 임꺽정을 부하로 부렸을 것 같다. 나라를 뒤흔들 얼굴이다.

도적이 히죽 무섭게 웃었다. 차라리 인상을 쓰세요. 설마 차 좀 들이받았다고 나를 패대기치진 않겠지. 말도 안된다는 걸 알지만 당시에는 그만큼 무서웠다. 지나고 보면 별것도 아닌 일인데 그때는 이대로 죽는구나 싶었던 경험. 도적이 가까이 다가왔다.

"괜찮으쇼?"

"예? 예, 괜찮으십니까?"

"응, 난 괜찮은데 젊은 양반 괜찮냐구. 얼굴 보니 많이 놀란 것 같은데."

"괘, 괜찮습니다! 켁."

"얼굴이 괜찮지 않아 보이는데. 어디, 허리 한번 펴보쇼."

"허, 허리요?"

허리와 인육 맛이 관계가 있나? 고기가 얼마나 나올지 재보려는 걸까?

"별것 아니니 너무 그러지 마쇼. 젊은 양반이 모르는 사람 앞에서 너무 허리 굽히지도 말고. 우선 편한 길처럼 보이지만 어느새

허리부터 숙이는 습관이 생긴다구. 급정거한 내 탓도 있고 따지고 보면 갑자기 끼어든 오토바이 때문인데 그놈은 이미 내뺐는걸. 살짝 받아서 범퍼에 기스밖에 안 난 것 같은데. 여기 있으면 다른 차들한테 방해되니까 저기 슈퍼 앞에 차나 대슈."

"예, 예, 지당하신 말씀입니다."

잠깐 차를 대고 내려보니 도적, 아니 산적, 아니 의적 박씨 아저씨가 슈퍼에서 인삼음료 두 병을 들고 나왔다. 마치 양반의 재물을 턴 임꺽정 같았다.

"타꼬야끼? 좀 봤는데."

"네, 타꼬는 문어고 야끼는 구이인데요, 풀빵 비슷한데 그 안에 문어가 들어가는 건데요, 그러니까요."

박씨 아저씨가 음료를 내밀었다. 나는 황송하다는 듯이 두 손으로 고개까지 숙여가며 받았다.

"그럼 일본 놈 풀빵인가?"

의적이 아니라 독립군이었나? 음료수 병으로 내 머리를 깨려는 건 아니겠지. 아버지랑 같은 말을 하다니. 저도 친일파가 싫어요. 진짜 싫어요. 그런데 입이 잘 안 열렸다.

"어, 일본에서 온 건 맞는데요, 제가 친일파는 아니구요, 그러니까 저도 친일파를 아주, 아주 많이 싫어합니다. 진짜, 진짭니다. 아, 독도는 우리 땅이죠, 물론."

"뭐라고 하는 건 아니구. 허허, 따지고 보면 만두도 중국 음식인데, 뭘. 이게 제갈공명이 만든 거라구 제갈공명이. 암, 천재의 발명

품이고 역사도 깊어. 하여간 제갈공명도 중국 사람이고. 여기에 김치 넣으면 김치만두고, 우리나라 음식이지. 그냥 궁금해서 물어봤어. 요즘 길에 가끔 보이길래. 어디서 장사하슈?"

"정해진 곳은 없, 없습니다."

"그럼 나 따라오슈. 업종이 겹치지도 않고, 며칠 전에 옆에서 호떡 팔던 아줌마가 아들 직장 따라가서 자리 하나가 비거든. 이상한 놈들 꾀는 것보다야 예의 바른 젊은 사람이 낫겠네. 내 옆에서 장사하면 양아치들도 안 와. 다 마셨으면 병 이리 주구."

마흔살이 지나면 자신의 얼굴에 책임을 져야 한다고 말한다. 이런저런 이유를 대며 관상이 과학적이라고 주장하는 사람들도 있다. 얼굴이 그 사람의 삶을 보여주는 지도라거나, 첫인상이 상대방에 대한 판단을 결정한다는 통계도 있다.

다 그럴듯하고 맞기도 한 말이다. 그리고 가끔 맞지 않는 말이기도 하다. 얼굴과 무관하게 요즘 세상에 이렇게 착하고 친절한 사람이 있을까 싶은 사람도 있다. 요즘 세상에도 이런 사람이 있다는 게 신기하지만 그 신기한 이야기가 계속 발굴되는 걸 보면 아직까지 이런 사람들이 많은 건지도 모른다. 이렇게 박씨 아저씨 옆자리, 대학가에서 장사를 시작한 지 삼년이 지났다. 역사에 남을 위대한 타꼬야끼의 도읍지가 정해진 것이다.

*

"바람이 많이 차구나."

"겨울이잖아요."

"겨울이라도 따뜻한 날은 있다. 삼한사온도 모르냐."

"요즘은 그런 거 사라졌어요. 텔레비전도 안 보시나봐요."

"붕어빵은 라디오와 어울리지, 그 쪼그만 티브이 들고 다니는 건 볼썽사납다. 티브이에 눈이 가서야 제대로 붕어빵을 굽겠냐. 붕어 한마리를 굽더라도 정신을 집중하고 온 마음을 다해서 구워야 하는 법이다. 티브이에 현혹되면 꼬리 한쪽이라도 태우게 된다. 그러니 라디오를 듣는 게 옳다."

"전 붕어빵에서 탄 부분이 제일 맛있던데. 그리고 텔레비전이 아니라 디엠비라고 하는 거예요, 디엠비."

"티브이나 뎀비나 그게 그거지."

"맞아요, 붕어빵과 타꼬야끼도 그거랑 비슷한 관계인데."

"그럴 리가."

"아버지, 붕어빵보다 타꼬야끼가 훨씬 테크니컬하다는 걸 인정하실 때도 되었잖아요. 솔직히 붕어빵이야 아무나 구울 수 있지만 타꼬야끼는 그렇지 않다구요. 물론 아버지 붕어빵이 뛰어난 건 인정해요."

"넌 아직 붕어빵을 모른다. 넌 니가 제법 붕어빵을 구울 줄 안다고 생각하겠지만 한참 멀었어."

"아버지, 저 군대에서 이년 동안 붕어빵만 구웠어요. 장군님들도 제 붕어빵 먹어보려고 멀리서 헬기 타고 왔다구요."

"군대에서야 먹을 만한 게 없잖냐. 그러니까 그랬겠지."

"전 그래도 아버지를 인정해드리는데 아버지는 왜 그렇게 절 인정하는 데 인색하세요? 오는 게 있으면 가는 게 있어야죠. 정말 인정머리 없으시네요."

"인정이란 그렇게 값싸게 주고받는 게 아니란다. 힘들게 얻어내는 거야. 그것도 모르고 자신을 인정해주지 않는다고 섭섭해하기만 하니까 문제지. 외국물 먹은 녀석이 그런 것도 모르고. 하긴 거기서 눈을 현혹시키는 것만 배웠겠지 무슨 정신을 배웠겠냐. 나까무란지 뭔지한테 이상한 것만 잔뜩 배워서, 쯧쯧. 대팻밥을 음식에 뿌리질 않나. 음식 가지고 장난치는 거 아니다."

"카쯔오부시예요. 또, 나까무라가 아니라 사또오라니까요. 사또오 슈헤이. 어떻게 이게 비슷하게 들리세요?"

"나까무란지 뭔지 이름까지 알 필요도 없다. 이상한 꼬챙이로 찔러대는 게 기술이냐? 먹는 음식을 꼬챙이로 한두번도 아니고 만드는 내내 계속 쑤셔대다니, 흉물스럽다. 쇠끼리 긁히는 소리에 입맛만 떨어지겠더라. 뾰족한 게 잘못하면 눈 찌르겠어."

"그렇게 치면 오뎅꼬치도 뾰족한데요?"

"그건 나무잖니."

"휴, 됐어요. 전화는 왜 하신 거예요? 날씨 춥다는 말씀 하시려고 전화하신 건 아닐 테고."

"아들아, 나도 이제 며느리가 보고 싶구나."

"그런데요?"

"손주도 보고 싶고."

"지난번에 소개팅했는데 잘 안됐어요. 그리고 아직 저 이십대인데 무슨 결혼이에요, 결혼이."

"해 바뀌면 서른 아니냐?"

"해 바뀌어도 스물아홉입니다, 스물아홉요. 친아버지 맞으세요? 저 말고 다른 숨겨둔 아들이랑 착각하시는 거 아니에요?"

"젊을 때 조금만 더 부주의했으면 한둘쯤 더 있을지도 모르는데 나도 후회가 막심하다. 너도 나이 먹어봐라. 한두살 정도는 착각하기 마련이야. 나는 스물다섯에 장가갔다. 스물아홉도 늦은 거야."

"시대가 다르잖아요, 시대가. 요즘 같은 시대에 어떻게 결혼을 빨리 하겠어요. 왜, 저 집이라도 한채 마련해주실 거예요? 그러면 당장에라도 결혼하죠. 많이도 안 바랄게요. 서울에 서른평까지도 안 바라고, 스무평짜리 아파트, 아니, 빌라 하나만 해주세요. 아주 사달라는 것도 아니고 전세면 돼요."

"나 돈 없다."

"아버지 돈 많은 거 손님들도 다 알던데. 저야 여자도 없고 돈도 없는데 무슨 결혼이에요."

"모아둔 돈 없냐?"

"없어요."

"이만 끊자."

"아버지나 새장가 가세요. 안 말릴게요."

*

나는 육군 병장으로 전역했다. 그것도 지오피에서 근무했다. 일반전초라고 하는 곳이다.

군필자들은 모두 자기가 군대에서 특등사수에 모범적인 군인이었고 카리스마 있는 고참이었으며 일 잘하고 개념 있는 후임이었다고 말한다. 간첩 한두명 잡을 뻔한 거야 누구나 떠드는 경험이라 가끔 대한민국 군인 수보다 많은 간첩을 북한이 파견하는 게 아닌가 의심스럽다. 나는 그런 뻥쟁이들과 차원이 다른 전설을 남기고 전역했다.

군대도 사람 사는 곳이야.

군대도 사람 사는 곳이란 말은 두가지 의미가 있다. 어차피 거기도 별반 다르지 않은, 사회와 비슷한 곳이라는 뜻. 보통 군대 가기 전 입대를 앞둔 청년을 위로하기 위해 하는 말이다. 숨겨진 다른 의미는 군대도 사회처럼 별의별 직종이 존재한다는 것. 경찰에 해당하는 헌병이 있고, 교사에 해당하는 조교가 있고, 수험생 어머니 같은 취사병, 학교와 학원에 자식들 실어나르는 아버지 같은 수송병에, 보일러병은 뭐에 비유할까…… 여기에 전설처럼 내려오는 뻥 같지만 실제로 존재하는 신기한 보직도 있다.

그래, 솔직히 고백하면 나는 고문관이었다. 고문관은 보직이 아니다. 이름에서는 누군가에게 조언을 해주거나 감독을 맡을 것 같은 위엄이 넘친다. 실제로 고문관은 딱 한명만 있어도 소대나 중대

전체를 항상 긴장시키거나 힘들게 만들 수도 있다. 모두의 관심과 사랑을 동시에 받는 움직이는 수류탄 같은 존재, 고문관.

사회생활은 그럭저럭 잘했지만 군생활은 못했다. 사회생활 잘한다고 군생활 잘하는 것도 아니고 사회생활 못한다고 군생활 못하는 것도 아니다. 뭔가 관련이 있을 것 같으면서도 관계가 없는 것 같기도 하다. 군대도 사람 사는 곳인데, 그래도 군대는 군대고. 고문관이었지만 내가 사회생활을 못하는 건 아니라는 거다. 군대에서 가장 많이 들은 말 중 하나가 "이 새끼 넌 사회생활하긴 글러먹었어!"였는데 지금까지 잘 살고 있다. 다만 군대 이야기를 가급적 피할 뿐.

"야 이 반란군 놈의 새끼야!"

"새끼, 너 솔직히 불어. 간첩이지? 어? 우리 군을 붕괴시킬 목적이지?"

훈련소는 무사히 마쳤는데 자대 배치를 받은 후 뭐만 했다 하면 사고가 났다. 사고치는 것 말고는 할 줄 아는 게 없었다. 사격은 눈이 나빠서 못했다. 이백오십 미터, 백 미터, 이백 미터 밖에 있는 목표물을 맞혀야 하는데 백 미터도 겨우 보였고 이백 미터는 흔적만 겨우 봤으며 이백오십 미터는 보이지도 않았다. 체력이 약한 편도 아니었는데 행군은 늘 낙오였고 다른 훈련도 잘 받지 못했다. 한번 꼬이기 시작하니 모든 게 꼬였다. 고참들한테 찍히고, 잘하려고 한 일이 문제를 부르고, 문제를 일으키려고 한 건 아니었는데 문제가 생기고, 고문관 이미지만 쌓여가고. 어느날 행보관이 붕어빵 기계를 가져왔다.

"인마, 사회에서 붕어빵 굽다 왔댔지? 앞으로 넌 붕어빵이다."

그날부터 전역할 때까지 붕어빵만 구웠다. 처음 며칠은 몸과 마음을 바쳐 붕어빵 굽는 일에 충성을 다했다. 아침에 일어나서 붕어빵을 굽고, 점심을 먹고 붕어빵을 굽고, 저녁을 먹고 나서야 쉬었다. 차츰 소문이 나기 시작하더니 우리 부대에 방문하는 사람들은 꼭 먹고 가는 필수 코스가 되어버렸다. 덕분에 여름에도 붕어빵을 구웠다. 더워 죽는 여름에도 전투복 제대로 갖춰 입고 붕어빵을 구워야 했다. 잘할 수 있는 일이라서, 재미있어서 붕어빵을 굽는 게 아니라 이렇게 붕어빵을 굽게 되자 밀가루 냄새도 맡기 싫어졌다.

"진짜 굼벵이도 구르는 재주가 있네. 캬, 이 붕어빵 진짜 별미야."

"전역하고 나서도 그리울 것 같지 말입니다. 정말 제대롭니다."

"신일병, 전역하고 나서도 꼭 붕어빵 구워. 이 정도면 사회에서도 성공할 수 있을 거야. 내가 꼭 찾아가지."

"추웅서엉!"

개구리 마크를 달고 집으로 돌아오자마자 아버지한테 다시는 붕어빵을 굽지 않겠노라 선언했다. 아버지는 이상하게 쳐다보기만 하고 리어카를 끌고 나갔다. 다음 날, 다시 선언을 반복하자 아버지가 이해하지 못하겠다는 얼굴로 말했다. 군대에서마저 쉬지 않고 단련해놓고선, 가업을 잇기에 완벽한 경험을 하고 와서 무슨 헛소리냐는 거였다. 아버지는 진심으로 나를 부러워했다.

"제 인생에 두번 다시 붕어빵은 없어요!"

*

"제 인생에 두번 다시 붕어빵은 없다니까요!"

"붕어빵은 아무 잘못도 없다. 넌 붕어빵을 굽기 위해 태어난 거잖냐."

"잘못 태어났나보죠. 아니죠, 아버지가 잘못 생각한 거죠."

"누구보다도 완벽하지 않냐? 대대로 내려오는 가업에, 군대에서까지 붕어빵만 구운 사람은 아마 대한민국 육군 창설 이래 니가 처음일 거다. 난 니가 얼마나 부러운지 모른다."

"부러워하시는 건 자유인데요, 전 절대 붕어빵 안해요."

"아들아, 붕어빵은 여전히 너를 그리워하고 있다. 나와 붕어빵은 너를 용서할 준비가 되어 있어. 아니, 이미 용서했다. 이 얼마나 넓은 아량이냐, 어서 귀순하거라."

"아버지, 저에겐 타꼬야끼가 있답니다. 아버지한테 용서를 빌 생각은 없구요. 보란 듯이 타꼬야끼로 성공하는 아들이 될게요. 아버지도 늦지 않았으니 타꼬야끼를 안아보시는 게 어때요? 자유민주주의 타꼬야끼가 아버지를 기다리고 있어요."

"쯧쯧, 역시 왜놈 풀빵이라 그런지 돈 벌 생각부터 하는구나. 내가 그렇게 누누이 풀빵 팔아 한몫 잡을 생각 하는 게 아니라고 했거늘. 서민을 위한 붕어빵의 철학이 왜놈 풀빵 따위에 있을 리 없지."

"세대 간의 단절이나 고집스러운 아버지야 어느 집에나 있는 거라지만…… 아버지 요즘도 돼지기름 쓰시죠?"

"물론이지."

"동물성기름은 몸에 나빠요. 민중을 위한다면서 나쁜 기름 쓰셔도 돼요? 제 타꼬야끼는 올리브유를 쓴답니다. 식물성이고 몸에도 좋죠. 돼지기름이라니 이름부터 냄새나고 비위생적이잖아요. 올리브유, 그냥 마셔도 몸에 좋을 것처럼 들리지 않아요?"

"동물성기름이 나쁘단 건 오해다."

"오해는 무슨, 그건 상식이죠. 설혹 오해면 어떤가요. 오해도 오해의 가치가 있을 텐데."

"삼양라면이라고 아냐?"

"알죠."

"팔십년대 말, 삼양라면은 동물성기름인 우지로 면을 튀겨서 몸에 나쁘고 농심은 식물성기름인 팜유로 튀겨서 몸에 좋다는 소문이 돌았지. 하지만 소기름보다 팜유가 몸에 더 해롭다. 팜유가 포화지방산이 더 많아. 문제는 얼마나 섭취하느냐인데, 사람들은 여전히 식물성지방이 더 좋다고 생각하지."

"그렇군요."

"깨달았다니 다행이구나. 이제라도 올리브유로 굽는 타꼬야끼는 버리고 붕어빵의 보금자리로 돌아오거라. 붕어빵은 언제나 열린 마음으로 너를 기다리고 있다. 아버지와 붕어빵이 눈물로 지낸 날들이 깊다."

"아버지, 팜유가 몸에 나쁘다는 건 미국이 대두유, 옥수수유, 해 바라기씨유를 팔아먹기 위해 꾸민 음모예요. 미국은 팜유에 포화지방산이 많아 동물성기름처럼 몸에 좋지 않다고 엄청난 홍보를 했죠. 오히려 팜유는 토코페롤이 많아서 체내 콜레스테롤을 높이지 않아요. 포화지방은 많지만 몸에 좋다, 이거죠. 포화지방이 많다고 해서 몸에 나쁘다는 상식도 틀린 거죠."

"아들아, 토코페롤이 뭐냐?"

"……잠시만요."

"키보드 두드리는 소리, 마우스 딸깍 소리가 여기까지 다 들리는구나. 상대방의 의견을 반박하기 위해 자기도 이해하지 못하는 말을 읊을 필요는 없다. 승리한 바보가 되고 싶으냐?"

"아버지 컴퓨터 할 줄 아세요?"

"김영감이 할 줄 알지."

"김영감님은 옛날부터 못하시는 게 없네요."

"많이 배운 사람 아니냐."

"잠깐만요, 다른 전화가 걸려와서. 나중에 다시 전화할게요."

"그래도 배터리 핑계보다 조금 낫구나."

*

전역을 하고 나자 정체성의 혼란이 왔다. 가벼운 허탈감, 무거운 배신감. 아주 어릴 때부터 붕어빵 장사가 천직이라고 생각했다. 붕어빵 장사 말고 다른 일을 하리라는 생각은 꿈에도 해본 적이 없었다. 아빠는 왜 붕어빵 장사야!라고 울어본 적도 없고, 아버지가 하는 일을 부끄럽게 생각해본 적도 없었다. 뻥튀기를 파는 김영감님은 내가 아버지 일을 부끄럽게 생각하지 않고 학교가 끝난 뒤 늘 옆에서 붕어빵 굽는 기술을 배우는 걸 부러워했다.

김영감님 아들 철규는 나와 동갑이었다. 게다가 초·중·고 모두 같은 학교에 다녔다. 초등학교 때 철규는 학교에서 뻥튀기 이야기를 하면 죽여버리겠다고 했고 중학생이 되자 제발 뻥튀기 이야기를 하지 말아달라고 빌었으며(중학교 때부터 내가 철규를 내려다볼 수 있었다) 고등학생이 되자 둘 사이에 암묵적인 약속이 생겨 부탁이 필요 없었다.

"왜 대학 안 갔냐?"

"붕어빵 구우려고."

대학생이 된 철규가 찾아왔다. 내가 대학 진학을 하지 않고 붕어빵 장사를 시작한 걸 모르는 친구가 없었다. 철규는 입학한 대학교 야구점퍼를 입고 왔다.

"솔직히 말해봐. 너 대학 떨어졌지?"

"쓰지도 않은 원서가 떨어지는 법은 없지."

"질리지도 않냐? 난 뻥튀기는 냄새도 맡기 싫고 뻥 자 들어가는 거면 믿음도 안 가."

"뻥 자 들어가면 불신하는 건 대부분 다 그래."

"그럴 거면 공부 뭐하러 열심히 했냐? 열심히 하더니."

"붕어빵 굽는 데 필요해서."

대학 가려고 공부한 게 아니었기 때문에 입시에 관심이 없었다. 중·고등학교 수업은 단지 붕어빵을 굽는 데 도움이 되기 때문에 열심히 들었다. 가령, 가정시간에 배운 필수영양소를 통해 붕어빵의 영양학적 가치를 높이는 방법을 궁리해볼 수 있었고 물리시간에 배운 열량 측정 방법으로 붕어빵의 열량에 대해 알 수 있었다. 국어시간에 배운 문학적 표현으로 '붕어빵 구울 무렵'이라는 상호명을 정했고 미술시간에 배운 어설픈 실력으로 포장지에 붕어빵을 그려넣었다. 물론 나보다 철규가 공부를 더 잘했다. 훨씬. 철규는 우리나라에서 세 손가락 안에 드는 명문대를 들어갔다. 그러니까 서울대를 간 건 아니다.

"난 말야, 꼭 성공할 테다."

철규가 붕어빵을 힘차게 반으로 갈랐다. 잘 익은 붕어빵 속에서 김이 올랐다. 철규는 붕어빵을 힘껏 우물거리며 말했다.

"그래, 꼭 성공해서 세상의 빛이 돼라. 난 어둠이 될 테니."

"비웃지 마라. 지금은 니가 돈 좀 버는 것 같겠지만 결국 출세는 내가 할 테니. 난 말이다, 부모를 바꿀 수 없으니 공부로 나를 바꿀 거다."

무슨 소리야 이게. 이 녀석 붕어빵 먹고 취했을 리도 없는데. 귀찮아서 제대로 보지도 않았는데 다시 보니 녀석의 얼굴 군데군데가 붉었다.

"너, 술 마셨어?"

"어, 좀."

"지금 세신데? 낮 세시."

"왜 좀 마시면 안되냐?"

"성공하려면 이 시간에 맨정신이어야 할 것 같지 않냐?"

철규는 대답 대신 붕어빵을 입에 넣었다. 물도 없이 한자리에서 붕어빵 일곱마리라. 물론 내가 굽는 붕어빵은 물 없이도 잘 넘어가게 적당한 습도와 앙금의 농도를 유지하지만 그래도 일곱개라니. 맛있게 먹어줘서 고맙다고 내가 돈을 줘야 할 것 같았다.

"넌 메이저리거가 되고 싶지 않냐?"

"난 이미 메이저리거인데?"

"스스로를 속이지 마라. 붕어빵 장사가 무슨 메이저리거냐."

"마이너리거라고 생각하는 사람이 마이너리거지 어디 마이너리거 자격증이라도 있냐? 본인이 붕어빵 굽는 게 즐겁고 반죽 냄새가 좋다는데. 그런 식이면 붕어빵 안 준다. 니 입에 들어가는 붕어빵을 누가 굽고 있는지 생각해봐. 존귀하신 판사님 되셔서 붕어빵 생각난다고 직접 구워 먹을래? 직접 구우면 맛도 없을걸."

철규의 눈빛이 흔들렸다. 안 주겠다고 협박은 했지만 내심 철규가 얼마나 먹을 수 있을지 궁금해서 붕어빵은 계속 구워냈다.

"인마, 두고 봐라. 나 꼭 성공할 거다. 너도 기억나지? 뺑튀기 아들이 하는 말은 다 뺑이라고 놀리던 새끼들. 축구공 차면서도 뺑뺑거리고 졸졸 따라오면서 뺑뺑거리던 그 새끼들."

"초등학교도 들어가기 전 일 아냐? 그럴 수도 있지."

"너도 그중 한 놈이었구나!"

"말이 되냐. 내가 왜 그래."

"기억하는 놈이 범인이야. 가해자가 모든 걸 알고 있는 법이지."

철규는 여덟개째를 집었다.

"넌 왜 붕어빵이 좋냐?"

"글쎄, 좋은 데 이유가 있어? 붕어빵의 미덕이라면 값싸고 속 든든하게 해주는 서민음식이라는 것 정도? 게다가 내가 파는 건 중독성을 의심할 만큼 맛있고."

"그건 니 생각이냐, 너희 아버지 생각이냐?"

철규는 아홉마리째 붕어빵을 매섭게 노려보았다. 붕어빵과 눈싸움이라도 할 기세였다. 자식, 싸울 거면 뻥튀기랑 싸울 것이지. 뻥튀기는 눈이 없어서 그런가.

"내 생각일 수도 있고 아버지 생각일 수도 있고. 왜?"

"아버지 일을 물려받더라도 말야, 니 철학이 있어야지. 무작정 아버지 따라해서야 성공할 수 있겠어? 자신만의 철학을 갖고 미래를 생각해야지, 미래를. 나처럼 말이다. 가끔, 아주 가끔이지만 니가 아버지 일을 부끄러워하지 않는 건 부럽더라. 근데 그저 물려받는 거라면 역시 내가 더 옳을걸. 일은 물려받아도 되지만 철학까지 똑같으면 그건 짝퉁이야."

그날 철규는 아홉마리를 먹고 사라졌다. 아깝다. 두 자릿수를 채울 수 있었는데. 한마리 더 먹으면 돈이라도 준다고 할 걸 그랬다.

전역을 하고 집 안에 누워만 있을 때 철규가 찾아와 했던 말이 오래된 예언처럼 기억났다. 내가 붕어빵에 질렸다는 걸 깨닫자 아무것도 할 수 없었다.

이게 다 군대 때문이야. 군대만 아니었으면…… 붕어빵을 굽기 위해 태어난 게 아니었나? 천직이 아니었나? 전역하는 날 멀리서 아버지가 붕어빵 굽는 모습을 보고 동정을 잃은 기분을 느꼈다. 나도 저 자리에 섰었는데. 어디에 서야 할까. 붕어빵은 아닌 것 같았다.

*

"넌 아들이 좋냐 딸이 좋냐."

"아직 저 총각이에요."

"생각은 해볼 수 있는 것 아니냐. 꼭 결혼을 해야 자식이 생기는 것도 아니고. 넌 젊은 녀석이 왜 그리 갑갑하냐. 너와 전화하다보면 가슴이 멘다."

"참 좋은 것 가르치시네요. 요즘 들어 왜 자꾸 결혼 이야기세요? 혹시 철규 장가갔어요?"

"철규하고 연락 안하냐?"

"못 본 지 오래되었어요. 전화번호도 몰라요."

"날 너무 고리타분하다고 생각하지 마라. 난 아들딸 모두 좋다. 편견은 없다. 그런데 아무래도 붕어빵 장사가 여자가 하기에 조금 위험한 면이 있지. 다른 일에 비하면 남녀 차별이 없는 일이기도 하지만. 붕어빵은 승진 차별도, 커피 심부름도, 임신했다고 그만두는 일도 없으니, 건달들이 집적거리지만 않으면 여자가 해도 좋은 일이지."

"예에?"

"아직 널 포기한 건 아니다만 손주에게 기대를 걸어볼 생각도 든다. 왜, 격세유전인가 하는 것도 있지 않니. 김영감이 요즘 골골거리니 괜히 내 마음이 약해지더라. 미리 준비해두고 싶구나. 손주 녀석, 한 다섯살만 되어도 붕어빵틀 잡는 법은 가르칠 수 있을 것 같은데. 아암, 다섯살만 되면 붕어빵틀을 잡고말고."

"아버지."

"그래."

"전 김영감님보다 아버지가 더 걱정스러운데요. 아버지 빵틀이 모두 몇개죠?"

"두개지."

"빵틀 하나에 붕어가 모두 몇마리 들어가죠?"

"열두마리."

"아, 다행이다. 하지만 안심하기에 이르겠죠? 병원 가는 법은 아세요? 치매도 미리 발견해서 치료받는 게 좋대요."

"농담하는 게 아니다. 너 하는 꼴을 보니 자칫하면 가업이 끊길지도 모르겠다."

"제가 충실히 가업을 잇고 있는데 무슨 걱정이세요. 붕어빵이나 타꼬야끼나 하다못해 바나나빵도 다 근본은 같은 풀빵이라구요. 풀빵끼리 싸워서 되겠어요?"

"그건 네 생각이지."

"지나가는 사람 붙잡고 어디 한번 물어보세요. 아니, 아버지 손님들한테 물어보면 되겠네요. 붕어빵이나 타꼬야끼나 같은 풀빵인지 아닌지 한번 물어보시라구요."

"같은 풀빵이라고 답하는 근본 없는 손님은 안 받는다."

"언제는 모든 손님은 공평하다더니."

"파는 사람이 상식과 철학을 갖추어야 한다면 손님 역시 마찬가지야. 파는 사람에게만 상식을 요구하는 건 돈으로 휘두르는 폭력이지. 공평하지 않다."

"하여튼 이상한 소리 좀 하지 마세요. 진심으로 아버지 걱정되니까요. 병원비 걱정돼서 그러시는 거라면 제가 낼게요."

"난 건강하다. 매일 새벽 산에 오르잖냐. 건강이 소중하다고 말하면서 막상 건강을 직시하려고 하는 사람은 드물지. 붕어빵도 이와 같은데 니가 알 리는 없고, 어디, 팔씨름 한번 해볼 테냐?"

*

여행을 왜 갈까.

심심해서, 생활에 활력을 불어넣기 위해, 머리 식히려고, 새로운 경험을 하고 싶어서, 낯선 것에 대한 궁금증, 자신을 확인하고 싶어서, 어쩌고저쩌고. 여행을 가는 이유는 수십 수백가지가 넘지만 내가 일본에 간 이유는 시간과 돈만 있고 할 일이 없어서였다. 그냥, 그냥. 그냥도 이유야 되겠지만, 이유가 부실하기 때문에 더욱 운명적인 여행이었다.

아무것도 할 수 없었고, 할 줄 아는 것도 없었다. 남들 다 가지고 있는 워드프로세서 자격증도 운전면허증도 없었다. 아버지처럼 리어카를 끌고 다녔고 그게 진정한 붕어빵 장사라고 생각했다. 리어카를 끌었으니 트럭이 필요 없었고 트럭이 없으니 운전면허에 무관심했다.

군생활의 충격 때문에 붕어빵이 비루하고 재미없어졌다. 전역 후 두달쯤 방에 붙어살았다. 방바닥에도 달라붙어보고 벽에도 달라붙어보고 집 안에 굴러다니는 먼지들과 사이좋게 친구처럼 지내다가 아버지가 집에 오면 잽싸게 구석으로 굴러갔다가 하여간 방에서 나가지 않았다. 보다 못한 아버지가 나를 불렀다.

"좀 나가라."

"결국 저를 쫓아내려는 거군요."

"여기."

아버지는 식상하게 봉투를 내밀었다. 얼마나 들었을까. 봉투를 내미는 건 식상하지만 그 안에 든 내용물의 몸집이 궁금한 건 어쩔 수 없다. 드라마마다 봉투를 내미는 장면이 지겹게 반복되지만, 얼마나 들었는지 궁금하기 때문에 식상한 게 덜어진다. 중요한 것은 봉투 껍데기가 아니라 안에 든 내용물의 무게다.

"너무 날씬해 보이는데요? 세종대왕님께 성은 좀 입어야겠어요."

"바람이나 좀 쐬고 와라. 바깥구경하다보면 다시 붕어빵이 그리워질 게다."

"그러죠 뭐. 와, 백만원짜리 수표네요."

돈까지 주면서 여행 다녀오라는데 어려울 것도 없었다. 대부분 돈이나 시간이 없어서 여행을 못 간다는데, 시간이야 넘쳐났고 돈도 제 발로 걸어들어왔다.

군대에 있을 때는 가보고 싶은 곳이 많았다. 뉴스에서 몇년 만에 불어온 혹한이라고 난방비에 대해 떠들었다. 길거리 장사로 단련되어 있어도 추웠다. 따뜻하지 않더라도 덜 추운 곳…… 일본이 떠올랐다.

첫 해외여행이었다. 중국은 비자도 있어야 하고 혼자 다니기는 좀 무서웠다. 미국이나 유럽은 비행기표도 못 사겠지. 인터넷으로 검색해보니 동경은 서울만큼이나 춥지만 오오사까는 따뜻하단다. 먹을 것도 많고, 물가도 동경보다 더 싸고, 관광지도 많고. 이틀 정도 인터넷 세상에서 살고 나니 전화 한통 안하고도 비행기와 숙소가 예약되어 있었다. 기한이 임박해 저렴해진 땡처리 항공권을 구했다.

배낭에 옷이나 한벌 넣었다. 디지털카메라도 싼 것으로 하나 샀다. 집에서 디지털카메라로 모든 걸 다 찍었다. 친구 먹었던 먼지들도 찍고, 거울에 비친 내 모습도 찍고, 자고 있는 아버지도 찍었다. 출근하는 아버지도 찍고 퇴근하는 아버지도 찍고 컴퓨터로 사진을 옮겨 어떤 점이 다른지 고민해보기도 했다. 내 얼굴도 수백장 찍었다. 하루에 수백번 나를 기록할 수 있었다. 이래서 다들 카메라에 열광하는구나. 이 잘생긴 녀석, 무슨 고민을 하니? 마치 숨은그림

찾기를 하는 기분이었다. 스스로를 그렇게 오랫동안 자세히 바라본 일은 그후로도 없었다. 여행 정보는 더이상 알아보지 않았다. 인터넷으로 다 알아보면 여행 가서 재미없겠지. 집에서 오오사까의 모든 것을 알게 될까봐 무서웠다.

평일 김포공항은 잘못 온 게 아닌지 걱정이 될 정도로 한산했다. 인천공항으로 예약할걸. 스튜어디스들도 잘 보이지 않아서 공항인지 시골 터미널인지 구분이 안될 정도였다. 나중에 인천공항을 이용할 일이 있었는데, 그때 김포공항이 새로운 공항에 모든 것을 내준 것을 알았다. 김포공항이 붕어빵이라면 인천공항은 타꼬야끼였다.

"뭐 찾으시는 거라도 있으세요?"

분명 내 얼굴은 찾는 사람이 아니라 슬쩍 구경하는 사람의 얼굴일 텐데. 나는 면세점 판매원을 어정쩡하게 피했다. 아는 게 있어야 물어보고 찾을 게 있을 텐데 나는 아무것도 몰라 물어볼 것도 없었다.

아버지는 술 담배를 거의 하지 않았다. 술 담배를 하면 손의 감각이 약해지고 붕어빵틀의 미세한 진동과 열기를 정확하게 느낄 수 없다고 했다. 붕어빵틀이 무슨 휴대전화도 아니고 무슨 진동이 있어요. 불기가 틀을 때리고 틀 속에 든 붕어빵이 익으면서 공명하는 진동을 아직도 모른단 말이냐. 아버지 요즘 시 쓰세요? 무슨 소리냐? 아네요. 기내식으로 감귤 주스가 나왔다. 하늘에서 마시는 감귤 주스라니, 새로운 세계였다. 감귤이 하늘로 솟아오르는 망상을 하다보니 금방 칸사이 공항에 도착했다.

출국심사를 무사히 마치고 나오자 벌써 어둑어둑했다. 더 어두워지기 전에 숙소인 치산 호텔을 찾아야 했다. 돌이켜보면 무슨 배짱으로 걸어갔는지 모르겠다.

공항철도를 타고 난바 역까지 온 건 순조로웠다. 난바 역에서 내가 예약한 숙소에서 가까운 지하철 나가호리바시 역으로 가려면 지하철을 갈아타야 했다. 지도를 보니 난바 역에서 나가호리바시 역까지는 거리가 얼마 되지 않아 어렵지 않게 찾아갈 수 있을 것 같았다. 여기까지 직진, 그리고 돌아서, 다시 죽 걸어가고, 대충 이러면 되겠네. 한화로 몇천원씩 하는 지하철을 두번이나 갈아탈 필요는 없어 보였다. 환승할 때마다 돈을 내는 지하철은 공포였다.

길을 잃었다. 지도는 도시를 평면에 그대로 투영한 것이 아니었고, 실제를 축약해버렸기 때문에 많은 것을 잃어버린 기호였다. 지도대로 따라가다가 북쪽이 아니라 북동쪽으로 갈 수도 있다는 것을 몰랐다. 북쪽으로 한참 걸어간 다음 다시 서쪽, 마치 직각삼각형처럼 가게 될 거라고 생각했는데, 가랑이가 찢어질 것 같은 이등변삼각형의 꼭짓점에 도달하고 나서야 깨달았다. 이러다가 노숙하게 되는 건 아니겠지. 말도 안 통하는 외국에서 미아가 되다니. 택시라도 탈까? 일본 택시는 더럽게 비싸다던데.

배는 고프고, 갈 길은 멀고, 다시 방향을 정하긴 했는데, 이번에는 제대로 갈 수 있겠지. 그 순간 붉은 등이 걸린 타꼬야끼 가게가 보였다. 냄새가 좋아 가게 앞에 서자 하얀 옷을 입은 사람이 외쳤다.

"이랏샤이마세!"

*

"내 인생에서 제일 후회되는 일이다. 그때 너를 보내는 게 아니었는데."

"제 인생에서 아버지한테 제일 감사하는 일이에요. 그때 여행 보내주셔서 감사합니다."

"그러고 보니 그때 아무것도 사오지 않았구나. 양심이 있다면 여행 경비를 대준 아버지에게 뭐라도 사왔어야 하는 게 아니냐."

"가장 멋진 선물을 가지고 왔으니까요. 아들의 적성과 미래."

"난 이제 그 좋아하던 문어도 안 먹는다. 문어만 보면 자꾸 한숨이 나와서 못 먹겠다."

"좋아하는 문어가 들어 있으니 오히려 더 좋아하셔야 할 것 같은데요? 지금이라도 늦지 않았으니 타꼬야끼와 친해지시는 게 어때요. 어려운 일도 아닌데. 그래도 아들이 계속 집에만 있는 것보다는 타꼬야끼라도 굽는 게 좋지 않으세요?"

"차라리 계속 집에만 있었으면 심심해서라도 다시 붕어빵을 구웠을 것 같다."

"진짜 그렇게 확신하세요?"

"아니."

"뉴스 보면 청년실업 때문에 난리잖아요. 제 길을 걷는 아들을 인정해주실 때도 되지 않았나요. 따지고 보면 제가 백수로 있었던 건 전역하고 몇달밖에 없어요. 입대하는 전날까지도 붕어빵 구웠다구요."

"그게 무슨 자랑이냐? 나는 수십년간 내 일을 해왔다."

"자랑이 아니라 이제 그만 인정해주실 때도 되지 않았느냐는 거죠. 말하고 나니까 좀 이상하긴 하지만."

"손주만 보여다오. 그러면 더이상 설득하지 않는다고 약속하마."

"휴, 어디 가서 하나 주워올까요? 결혼하고 애 낳는 것보다야 그게 훨씬 빠를 것 같은데. 서너살쯤 된 애면 시간도 훨씬 단축시킬 수 있을 거고."

"진지하게 한번 생각해봐라. 입양은 고귀하고 아름다운 일이다. 피보다 더 진한 게 붕어빵 반죽이다. 반죽으로 이어진 관계는 끊어지지 않아. 사실 네 혈관에도 반죽이 흐르고 있지. 늙은 아비의 유언이라고 생각해다오."

"갑자기 유언은 무슨. 유언을 존중해드릴 마음은 있지만 유언에 구속당해 사는 건 너무하지 않아요? 유언이니 뭐니 이상한 이야기는 관두구요, 스승님이 아버지 한번 뵙고 싶댔는데."

"나까무라가?"

"초대를 해볼까 해서요. 예전부터 꼭 한번 오고 싶어했거든요. 스승님 밑에서 배울 때 아버지 이야기를 많이 했어요. 스승님은 같은, 그러니까 풀빵이라고 생각하기 때문에, 장인으로서 아버지를 꼭 만나고 싶어했어요."

"내가 일본 놈을 뭐하러 만나냐. 그것도 내 아들놈을 망친 일본 놈을. 만나면 확 얼굴에 반죽이나 끼얹어주고 싶지만 신성한 붕어빵 반죽을 일본 놈한테 쓰는 게 아까울 뿐이다. 대한 독립 만세."

"그러지 마시고 생각이나 한번 해보세요. 몇달 뒤긴 하겠지만 미리 생각해둬서 나쁠 건 없잖아요."

"너야말로 그러지 말고 손주 생각이나 한번 해봐라. 몇달이나 몇년 걸릴 수도 있지만 미리 생각해둬서 나쁠 건 없잖으냐."

"아, 예, 예."

*

둥글고, 화려했다. 카쯔오부시가 나긋나긋한 춤을 천천히 추며 전아하게 녹아내렸다.

뜨거웠다. 바삭바삭한 겉 부분이 순식간에 녹고, 진하고 따뜻한 것들이 왈칵 뿜어져나와 잠시 입을 열지 못했다. 순식간에 혓바닥과 입안이 촉촉해졌다. 간신히 입을 벌리자 모락모락 좋은 냄새가 코로 들어왔다. 다시 입을 다물자 뜨거운 반죽들이 입천장을 향해 질주했다. 하아, 하아. 입을 여러번 여닫고 나서야 평정을 되찾았다. 우리나라 풀빵에서 찾을 수 없는 뜨거움이었다. 반죽을 일부러 덜 익히는 풀빵이 존재하다니.

그 순간 문어가 나에게 말을 걸어왔다.

처음에는 놈의 정체를 몰랐다. 붕어빵에는 붕어가 들어가지 않고 국화빵에도 국화가 들어가지 않으니까. 타꼬야끼 가게 간판에 웃고 있는 문어가 있었지만 타꼬야끼 속에 문어가 있으리라곤 상상하지 못했다. 둥근 타꼬야끼가 문어의 민머리와 닮아서 그저 장식처럼 그렸다고 생각했다.

문어의 기습을 받고 적잖이 당황했다. 뭐지? 탱탱하고 쫄깃한데 생각보다 컸다. 이걸 씹어도 될까? 설마 문어일까? 이는 '먹어도 됩니다!' 하고 소리쳤다. 혀가 '이거 문어 같아요!'라고 보고했다. 뇌가 용단을 내렸다. '그래, 씹어라!' 이가 용감하게 명령을 수행하자 문어만이 가질 수 있는 깊은 맛이 이 사이로 파고들었고 혀가 잽싸게 육즙을 핥았다. 여전히 따뜻한 반죽이 입안을 지배하고 있는 틈 사이로 문어의 맛이 깊고 넓게 퍼졌다. 단지 문어의 한 조각, 긴 다리의 아주 짧은 일부분에 불과했지만 그것은 세상의 모든 문어를 대표하고 있었다.

문어도 반죽도 모두 사라진 입안에 아련한 온기만 남아 있었다. 한알의 타꼬야끼에 열중하는 사이 내가 길을 잃었다는 것도, 일본 택시비 생각도, 붕어빵만 줄기차게 굽던 군대 생각도, 아무 생각도 나지 않았다.

"그렇게 맛있습니까?"

아, 맞다. 여기 일본이지.

"네! 이건 대체 무엇이죠?"

"이건 타꼬야끼입니다."

그때 스승님은 일본어로 말했고 나는 일본어를 거의 알아듣지도 못했다. 말이 통하지 않는 상태에서 서로의 마음이 전달되는, 그러니까 이심전심(以心傳心), 불립문자(不立文字) 그런 것이었다. 스승님은 웃었고 나는 감격했다. 같은 풀빵이지만 타꼬야끼는 붕어빵이 줄 수 없는 세계를 품고 있었다.

붕어빵이 붓글씨라면 타꼬야끼는 유화였다. 붕어빵이 된장찌개라면 타꼬야끼는 해물탕이었다. 반죽과 앙금으로만 만들어지는 붕어빵이 단순한 매력으로 입안을 행복하게 만들어준다면 타꼬야끼는 다양한 재료의 융합으로 새로운 방향을 제시했다. 물론 보통 타꼬야끼와는 수준이 다른 완벽한 스승님의 타꼬야끼 덕분이었다. 타꼬야끼의 황금비율, 재료부터 시작해서 굽는 시간과 동작까지, 철저히 준비된 타꼬야끼의 이데아. 나는 비로소 동굴 감옥에서 해방되어 그림자 대신 진리를 보게 되었다. 그리스에도 타꼬야끼가 있었던 게 틀림없다. 소크라테스와 플라톤이 사이좋게 세알씩 나눠 먹었겠지. 아리스토텔레스는 옆에서 군침만 삼키고. 아, 아리스토텔레스가 태어나기 전에 소크라테스는 죽었지, 참.

타꼬야끼 덕분에 숙소를 찾을 수 있었다. 마지막 타꼬야끼를 입에 넣었을 무렵 예약한 비즈니스 호텔이 눈앞에 있었다. 숙소를 찾은 반가움보다 타꼬야끼가 모두 사라진 아쉬움이 더 컸다. 작은 방 침대에 누워서도 타꼬야끼가 계속 떠올랐다. 여행책자를 뒤져보았으나 스승님의 타꼬야끼는 언급조차 되어 있지 않았다. 도오똔보리의 유명한 타꼬야끼 집이 유일하게 소개되어 있었고 타꼬야끼에 할애된 지면은 없었다. 타꼬야끼는 아무 곳에서나 먹어보세요. 대부분 맛있습니다. 라면과 초밥에 대한 소개만 많았다.

쿄오또오에 가서도 타꼬야끼를 먹었다. 금각사에 가서도, 니조성을 둘러볼 때도, 청수사에 가서도 타꼬야끼를 파는 곳만 있으면 모조리 먹어보았다. 그러나 스승님의 타꼬야끼에서 느낄 수 있었던 그 맛은 아니었다. 전통의 고향인 쿄오또오의 타꼬야끼는 무겁고 진하지만 산뜻함이 없었다. 코오베에서 바다를 바라보며 먹은 타꼬야끼는 밝고 시원해 너무 맛이 들떴다. 모두 저마다 맛은 있었지만 아쉬움이 남았다.

여행 마지막 날 스승님의 타꼬야끼 가게를 찾아나섰다. 오오사까 시내가 얼마나 큰지 모르겠지만 돌아다니다보면 어떻게든 되겠지. 길을 잃다 들른 곳, 지도 어느 곳에도 없는 곳, 밤중에 간 곳이라 기억조차 믿을 수 없는 곳. 운명이라면.

이른 아침이라 그런지 가게는 문을 열지 않았다. 배낭을 안고 한참을 기다렸다. 설마 여기가 아닌가? 길거리의 밤과 낮의 얼굴이 달랐다. 열한시가 되었을 때 스승님이 왔다.

스승님은 나를 기억하고 있었다. 운명이 별건가.

*

“만약에 말이다.”

“아버지가 그냥 만약,이라고만 했는데 묘하게 불안하네요.”

“그때 니가 일본에 가지 않았다면 어떻게 되었을까?”

"저와 타꼬야끼 사이에 연결된 운명의 끈을 너무 무시하시는데요. 일본에 가지 않았더라도 타꼬야끼를 굽고 있을 거예요."

"니 입으로 그랬잖냐. 나까무라의 타꼬야끼처럼 맛있는 타꼬야끼는 먹어본 적이 없다고. 다른 타꼬야끼들은 평범한 붕어빵 같은 거라고 하지 않았냐."

"그것도 그렇네요. 아버지 말씀대로 일본에 가지 않았더라면 전 지금쯤 뭘 하고 있을까요?"

"역시 가업을 잘 이어받아 훌륭한 붕어빵 명인이 되어가고 있었겠지?"

"일본에 갔더라도 숙소에 지하철을 타고 갔다면, 걸어갔더라도 길을 잃지 않았다면, 조금 더 배가 불렀다면…… 아버지가 여행경비를 백만원이 아니라 이백만원쯤 줬다면 지하철을 타는 데 한치의 망설임도 없었을 거예요. 그랬다면 스승님의 타꼬야끼를 먹어보지 못했겠죠."

"우연이 참 무섭구나."

"이 정도면 필연이 아닐까요? 역시 저와 타꼬야끼는 필연적인 관계였다는 것이 아버지의 말씀 속에서 증명되네요. 그러고 보니 아버지."

"왜."

"저에게 타꼬야끼를 소개해주신 분이 사실 아버지였네요. 뒤늦게나마 깊은 감사를 드려요."

"약 올리는 방법도 가지가지구나."

"참, 아버지한테 상의드리고 싶은 게 있었는데. 방송국에서 연락 왔어요. 저 이 근방에서 좀 유명하거든요. '타꼬야끼의 전도사'라는 콘셉트를 생각하고 있다던데."

"내가 무슨 말을 할지는 알지?"

"알죠."

"그런데 왜 묻냐?"

"자랑하려구요. 사실 의논이 아니라 자랑할 생각이었어요. 상담이나 의논이나 모두 자기 자랑이 목적이죠. 듣고 싶은 말이 따로 있는 거고."

"내 앞에서 자랑이 될 것 같으냐?"

"안돼도 하려구요. 제 자랑이 먼저라니까요."

"아들아, 넌 여전히 붕어빵의 세계를 십분의 일도 이해하지 못했어. 티브이에 나오면 유명해진다. 유명해지면 많은 사람들이 몰려오지. 손님이 많아지면 욕심이 생기지. 어떻게 해서든 모든 사람들에게 붕어빵을 팔고 싶어지고 무리해서 붕어빵을 굽기 시작하지. 그때부터 붕어빵은 그냥 찍어내는 게 되는 거야, 공장처럼. 기계화가 되면 맛이야 균일하겠지만 일정한 맛이 곧 훌륭한 맛은 아니다. 한마리 한마리에 정성을 쏟을 시간이 어디 있겠니. 평범한 붕어빵을 팔면서도 맛있는 붕어빵이라고 속이게 되거나, 손님들이 실망하고 찾아오지 않게 된다. 어느 쪽으로 봐도 손해다. 너도, 손님들도 모두 손해잖냐. 방송 출연부터가 유명해지고 싶은 욕심 때문이니, 티브이에 나간 사람이 붕어빵을 팔기 위해 무리하지 않을 리가 없다."

"아버지는 티브이에 안 나가도 유명하잖아요. 어떻게 하세요?"

"간단하지. 붕어빵이 있으면 팔고 없으면 손님이 기다리면 된다. 기다린 손님에게 그만큼 더 정성을 다한 붕어빵을 대접하고 기다리게 해서 미안하다는 말을 할 뿐이다. 장인이랍시고 유난을 떨 것도 없다. 예전부터 돈을 싸들고 와서 사정하는 사람도 많았다. 비결이 대체 뭐냐고."

"비결이 뭔데요? 저도 들은 적 없는데."

"비결이 없어서 팔 수가 없었지. 세상에 비결이 어디 있냐. 거저 먹으려는 사람들이나 비결을 운운하는 법이다."

"하지만 전 욕심 많은 성격이 아니니까 방송에 출연할래요. 전 할 수 있어요."

"자신의 분수를 안다고 착각하는구나. 더이상 말리지 않으마. 말린다고 들을 것 같지도 않구나."

"아버지, 명인이 되고 싶은 사람도 있지만 되고 싶지 않은, 관심이 없는 사람도 있어요. 모두가 명인이 될 필요는 없을 것 같은데요."

"넌?"

"그래도 명인이 되고 싶죠. 방송 출연도 하고 싶고."

*

"그래, 방송에 나가기로 한 거야?"

우리는 점심을 같이 먹는다. 길거리에 있으면 밥 먹는 게 어렵다. 붕어빵을 팔 때 특히 힘들었다. 리어카를 끌고 어디 갈 수도 없고 그냥 두고 갈 수도 없고. 타꼬야끼를 팔면서부터는 아예 트럭을 몰고 음식점에 가기도 했지만 그것도 번거로웠다. 도시락을 매일 싸는 것도 지겨워 컵라면이나 편의점 김밥이 주식이었다.

트럭 세대가 옹기종기 모여 있으니 안심도 되고, 가운데에 있는 윤씨 아저씨 트럭 뒤편은 밥 먹기 편했다. 함께 먹으니 밥맛도 좋고. 도원결의가 별거인가. 매일 함께 밥 먹고 우의를 다지면 그게 유비 관우 장비지.

윤씨 아저씨 트럭은 2.5톤짜리로 도넛만 팔기는 많이 컸다. 그 안에 식탁을 놓고 밥을 먹어도 될 정도였다. 식탁은 늘 윤씨 아저씨 트럭에 실려 있었다. 반대로 박씨 아저씨는 거대한 체구인데 1톤짜리 트럭을 몰고 다녔다.

"아직 대답 안했어요. 이따 전화하려구요."

"기왕 나가는 거 나도 같이 좀 찍어가라고 그래. 쳇, 생각해보니 학생들 서운하구만. 내가 이 앞에서 장사한 지가 십년도 넘었는데 내 이야기는 한번도 인터넷에 안 쓰고 말야. 만두야 솔직히 그냥 그런 거 나도 알지만 순대는 졸업하고도 찾아오는 손님도 많은데. 학생들한테 써비스도 많이 주고 그랬는데 이거 배신감 느끼네. 타꼬는 써비스 같은 거 없지?"

"개수대로 파니까 써비스가 있기 어렵죠. 문 닫기 전에 마지막 판 덤으로 줄 때야 있지만 종이상자에 들어가는 개수가 정해져 있어서 억지로 더 넣기도 쉽지 않아요."

"거봐. 만두야 더 못 주지만 순대는 배고파 보이면 덤도 많이 준다구. 간이나 부속도 잘 썰어주고. 부속이 순대보다 더 비싼 거 알아? 돼지값도 많이 올랐는데. 어쨌든 축하해. 손님 많아지면 나도 좋지. 북적거려야 장사가 잘되는 법이니까. 어, 잠깐만."

손님이 오자 박씨 아저씨가 밥을 먹다 말고 나갔다. 손님은 박씨 아저씨 얼굴을 보자 흠칫 놀라는 것 같았다. 처음 온 손님이구나. 박씨 아저씨를 처음 만났던 때가 떠올랐다.

"그, 방송 말인데."

윤씨 아저씨가 입을 열었다.

"네, 형님."

"아닐세."

윤씨 아저씨는 다시 천천히 밥을 먹었다. 손님이 더 온 것인지 박씨 아저씨는 돌아오지 않고 그 대신 흥얼거리는 노랫소리만 들려왔다. 윤씨 아저씨가 갑자기 내 밥에 소고기 반찬을 하나 올려놓았다.

"나도, 나도 잠깐만 나갈 수 있을까."

"네, 도넛은 제가 잘 보고 있을게요. 볼일 보시고 천천히 오세요."

"그게 아니라…… 방송에 나도 잠깐 나갈 수 있을까."

"형님이요?"

"잠깐, 얼굴만 좀."

"아, 형님도 방송 타고 싶으세요? 에이, 순대 형님이 자기가 먼저라고 예약할 때 아무 말씀도 없으셨으면서."

"역시 안되겠지……"

역시 윤씨 아저씨는 농담이 먹히는 사람이 아니다.

"형님, 농담한 거예요. 피디한테 부탁해볼게요."

피디한테 부탁해본다는 말에 윤씨 아저씨가 밝게 웃었다. 표정 변화가 없는 윤씨 아저씨가 환하게 웃다니. 윤씨 아저씨는 숟가락을 내려놓고 물을 우물우물 마셨다.

"더 안 드세요?"

"응, 많이 먹었어. 신경 쓰지 말고 먹어."

이래저래 신세만 지는 것 같아 반찬이라도 잘 준비해오려고 하는데, 박씨 아저씨가 워낙 잘 차려온다. 셋 중에서 가정이 있는 사람은 박씨 아저씨밖에 없었다. 박씨 아저씨는 틈만 나면 자식 이야기에 열을 올리기 때문에 알기 싫어도 가족사에 대해 세세하게 알 수밖에 없었다. 요즘은 군대 간 아들 이야기가 대부분이다. 군대 이야기는 맞장구만 겨우 쳤다. 본인이 입을 열지 않아 자세히 알 수 없지만 윤씨 아저씨는 혼자인 것 같았다. 한번도 가족 이야기를 한 적이 없다.

*

"살다보면 말이다, 이건 좀 아닌 것 같은데, 이건 좀 잘못되어가는 것 같은데, 하는 순간이 있다."

"아, 저 그거 잘 알아요."

"잘 안다니 다행이구나."

"가령 아버지와 전화를 하는 지금이 그런 순간이죠."

"아직 용건은 꺼내지도 않았다."

"보나마나 타꼬야끼를 그만두면 안되겠냐, 장가라도 가서 손주라도 안겨주면 그 녀석에게 붕어빵틀을 쥐게 할 텐데, 둘 중 하나겠죠."

"쉽게 단정하는 건 좋지 못한 버릇이다."

"쉽게 단정할 만큼 같은 말을 반복하는 것도 좋은 버릇은 아닌 것 같아요."

"타꼬야끼 이야기도 아니고 손주 이야기도 아니다."

"그럼 뭐예요?"

"김영감이 말이다."

"네?"

"뺑튀기를 그만 접으려고 하는구나."

"그럴 수도 있죠. 지난번에 들으니 건강도 좋지 않으시다면서요? 보자, 철규도 이제 대학 졸업했을 것 같고, 좋은 대학 나왔으니 집에서 놀진 않을 거 아녜요. 그 녀석 욕심도 많고 뭐든 열심이었으니."

"영감 말로는 몸이 예전 같지 않아서 그렇다는데, 몸이야 서른만 넘어가도 예전 같지 못한 거지. 십대나 이십대와 비교하면 언제나 몸도 세상도 예전 같지 않은 법이다. 아직 환갑도 안 지난 김영감이 뻥튀기 장사를 못할 만큼 건강이 나빠 보이진 않는데, 곰곰이 생각해보니 철규 놈 농간인 것 같다."

"철규가 왜요?"

"그놈 옛날부터 지 아비 하는 일을 부끄럽게 여기지 않았더냐. 고시공부 중이라는데 그 돈을 누가 대는지도 모르고. 일은 부끄럽고 그 일로 번 돈은 부끄럽지 않은 모양이지."

"철규 생각하면 전 효자죠? 아버지가 하는 일을 부끄럽게 여긴 적도 없고, 언제나 아버지가 자랑스러웠어요. 학교에서도 꼬박꼬박 아버지 직업에 붕어빵 장사라고 적어 냈다구요. 전 착한 아들이네요."

"효자가 왜 아비 마음을 아프게 하는 거냐?"

"또 시작이시네. 근데 철규가 잘했다는 건 아니지만, 못한 것도 아니잖아요. 철규처럼 똑똑한 애가 성에 찰 리는 없잖아요. 백수가 유행인 시대이지만 철규가 백수가 될 리도 없고. 김영감님도 아들 대신 좋은 제자 하나 뒀으면 기술은 기술대로 물려주고 괜찮았을 텐데. 아, 아버지도 제자 하나 두시는 게 어때요?"

"일없다. 나라고 제자 둘 생각을 왜 안했겠냐. 그런데 제자라고 찾아오는 녀석들은 하나같이 어떻게든 호두과자처럼 붕어빵으로 돈 벌 생각밖에 하지 않았다. 처음 며칠은 얌전하게 배우는 것 같지만 한달 이상 조용히 있는 녀석을 본 적이 없어. 기껏 가르칠 만하다고 생각하면 얼마 뒤에 사라지고 없고…… 피자붕어빵인지 해괴한 짓거리를 하는 녀석도 있었다."

"아, 그 형이요? 돈 많이 벌었다던데."

"붕어빵은 처음부터 마지막까지 팥을 믿어야 하는 거다. 스스로를 망치는 거야. 팥앙금 붕어빵에 충실하면 나중에 이것저것 하다가 안되어도 다시 원래 붕어빵으로 되돌아올 수 있지만 기본기가 없는 붕어빵들은 그게 안되거든. 물론 이것저것 하는 게 생각이 짧다는 증거니 생각이 깊다면 그런 짓을 하지도 않겠지만."

"아버지, 심란하신가봐요, 그 형 이야기를 다시 꺼내는 걸 보니. 저 고등학생 때부터 그 이야기는 금기였던 것 같은데."

"모르겠다. 자식들은 어느 집이나 하나같이 말썽이구나."

"아버지 말 들으니 같이 방송 출연 하자고 해봐야 씨알도 안 먹히겠네요. 삼대째 내려오는 가업, 전통의 풀빵이 새롭게 태어나다, 멘트까지 생각했는데."

"넌 전통 파괴범이야. 전통 파괴로 죄를 묻는다면 넌 무기징역감이다."

"이왕 때리시는 거 사형 정도 내리시지 왜 무기징역으로 감형하세요?"

"난 사형 폐지론자니까. 말 나온 김에 생각해보니 전통을 파괴하는 사람들에게 죄를 묻는 것도 괜찮을 것 같구나. 내 아들이 제일 먼저 법정에 서야 한다는 건 마음이 아프군. 사식은 잘 넣어주마. 오직 붕어빵으로만."

"철규 이야기 할 땐 목소리가 높으시더니, 이제 농담하시는 걸 보니 기분이 좀 나아지셨나보네요."

"농담 아니다."

"저 일찍 잘래요. 자둬야 화면발 잘 받죠. 안녕히 주무세요."

"잘 자라. 근데, 방송은 정말 아닌 것 같구나. 다시 생각해봐라."

*

스승님이라도 오셨으면 좋았을 텐데. 아버지도 없고. 나에게 카메라 울렁증이 있을 줄은 몰랐다. 동영상 같은 걸 제대로 찍어본 적이 없으니.

한 컷만 출연하자던 박씨 아저씨는 촬영 팀이 오자 멀리 내뺐다. 말이야 원한관계가 많아서 얼굴 팔리면 안된다는 거였지만 나보다 더 심한 카메라 울렁증 같았다. 원래 박씨 아저씨 몫으로 내정된 손님을 가장한 인터뷰는 윤씨 아저씨 몫이 되었다. 걱정했던 것과 달리 윤씨 아저씨는 침착하게 자신의 대사를 다 했다.

반죽을 붓는데 나도 모르게 손이 떨려 한군데에 들이붓다시피 했다. 덜덜. 카메라 때문에 신경이 쓰여서 제대로 타꼬야끼를 굴릴 수가 없었다. 굴리기송곳이 자꾸 엇나갔다. 구슬만큼 동글동글하던 타꼬야끼의 허리가 터졌다. 잽싸게 다시 굴려서 터진 부분을 익혔지만 한군데가 푹 꺼진 듯한 모양이 되었다. 다른 타꼬야끼들도 곳곳에 상처를 입고 무기력하게 불판 위에서 익어가고 있었다. 타꼬야끼들아, 미안해.

"아우, 조금 쉬다 갈게요. 한 이십분만 쉬었다 합시다."

피디는 담배를 물고 총총히 사라졌다. 여고생처럼 어려 보이는 방송작가가 와서 말을 건넸다.

"사장님, 이해하세요. 사실 피디님도 불안해서 그런 거예요."

"예, 예, 죄송합니다. 잘하지도 못하고……"

대체 타꼬야끼에 대해서 뭘 안다고 이래라저래라인지. 뭐 손을 떠는 게 아니냐고? 원래 타꼬야끼는 구멍 하나하나에 촘촘히 반죽을 붓는 게 아니라 틀 위에 넘치도록 부어야 한다. ……손을 떤 건 사실이지만. 타꼬야끼에 대해 아무것도 모르면서 이래라저래라 말만 많은 피디 때문에 더 집중이 안됐다.

"그게 아니라 진짜 불안해서 저러시는 거예요. 이때까지 조연출만 하다가 처음 단독으로 맡은 프로인데 시청률이 계속 그냥 그렇거든요. 아직 어설퍼서 그러니 이해해주세요. 알고 보면 나쁜 분은 아니에요. 좀 짜증 나는 사람 정도예요."

"알고 보면 다 좋죠. 알고 봐서 나쁜 사람이면 진짜 나쁜 놈이죠."

내 말에 방송작가가 까르륵 웃었다. 이야기를 하다보니 긴장이 좀 풀렸다. 에이 까짓 것, 방송 안 나간다고 해서 나야 큰 손해를 보는 것도 아니고, 방송에 못 나가더라도 예전과 달라질 건 하나도 없겠지. 이십분만 쉬자던 피디는 한시간이 넘어서 돌아왔다. 초짜 피디, 내가 불쌍해서 봐줬다. 그래, 마음을 비워보자.

*

“아버지, 처음부터 말씀드리는 건데요, 놀리시면 저 전화 바로 끊어버릴 거예요.”

“일주일 전부터 동네 사람들에게 꼭 보라고 광고했던 내 창피는 생각하지 않는구나.”

“아버지가 그랬을 리 없잖아요.”

“그래, 아무한테도 말 안했다.”

“말도 안돼요. 통편집이라니 사람 놀리는 것도 아니고. 그럴 거면 하루종일 뭐하러 찍었대요? 마지막 분위기도 좋았다구요. 피디도 방송 잘 챙겨 보라며 괜찮은 것 같다고 했고 다들 사이좋게 헤어졌는데. 겨우 마음을 비우고 제대로 찍었다 싶었는데.”

“마음을 비우는 게 그리 쉽게 되는 일 같으냐. 마음을 비우려면 체질 개선이 필요하지. 쓰레기통도 아니고 마음이 쉽게 비워질 리가 없지.”

“제 마음이 쓰레기통인가보죠. 마음이고 뭐고 휴, 두번 다시 방송에 나갈 일 없어요.”

“방송국에서도 너와 같은 생각일 게다.”

“다시 방송에 혹하면 아버지 아들이 아니에요. 온종일 고생해서 찍어놓고 마음에 안 든다고 뺄 거면 뭐 하러 찍었대요?”

“그 피디가 똑똑해서 그렇다니까.”

“똑똑하긴요, 멍청한 거지. 제 가치도 모르고. 고생한 게 뭐가 돼요. 방송에 적합하지 않으면 안 찍으면 될 걸 가지고.”

“찍어놓고 보니 어울리지 않았나보지. 그럴 수도 있지 않으냐.”

"진짜 똑똑하다면 그전에 알았어야죠."

"넌 실패한 붕어빵, 실패한 타꼬야끼가 없었냐?"

"있기야 있지만 그건 아마추어일 때 이야기구요."

"자신감이 생긴 다음에도 실패한 게 하나도 없었냐?"

"있기야 있죠, 뭐. 하나도 없는 사람이 대체 어디 있겠어요. 무슨 풀빵 굽는 사람이 신도 아니고. 그러는 아버지는 모든 붕어빵이 죄다 완벽했어요?"

"아니, 나도 실패한 붕어빵이 더러 있었다. 붕어빵을 진심으로 사랑한 이후부터 이때까지 열여섯마리가 있었지."

"열여섯마리……면 일년에 한마리도 안되네요."

"넌 몇마리였냐?"

"글쎄요."

"누구나 붕어빵을 태울 순 있어. 특히 꼬리 부분이 잘 타지. 반죽이 얇게 들어가는 부분이라 자칫하면 타기 십상이다. 그렇다고 꼬리 부분을 적당히 익히고 말면 팥이 차갑거나 속이 제대로 익지 않아서 흐물흐물해지기도 하지. 니가 파는 이상한 것이야 덜 익은 걸 맛이라고 우기는데, 덜 익은 붕어빵처럼 맛없는 것도 없다. 실패한 붕어빵이 문제가 아냐. 붕어빵을 태울 수는 있지만 그다음 붕어빵은 잘 구워야 하는 거야. 태운 붕어빵을 손님에게 내놓는 게 부끄러운 거다."

"아버지, 저도 그 정도는 알아요. 붕어빵 꼬리야말로 붕어빵의 생명이죠."

"진짜 붕어를 본 적이 있냐?"

"본 것 같기도 한데 봐도 모르겠죠."

"붕어뿐만이 아니다. 물고기의 생명은 심장이 아니라 꼬리에 있다. 꼬리를 어떻게 움직이느냐에 따라 그 물고기의 삶이 결정되는 거야. 붕어빵에서 가장 맛있는 부위도 꼬리야. 꼬리부터 먹건 머리부터 먹건 꼬리가 모든 걸 좌우한다. 머리부터 먹는 사람의 달달해진 입안을 꼬리가 말끔하게 씻든가, 꼬리부터 먹으면서 바삭한 소리를 온몸으로 느끼든가."

"칫, 그런 식으로 갖다붙이는 건 저도 할 수 있어요. 아버지, 타꼬야끼는 원형이죠. 모든 게 평등해요. 붕어빵이 갖는 불공평이 타꼬야끼에는 없어요. 일인 일표, 민주주의 아닌가요? 어디서부터 먹더라도 공평하고 동일한 맛, 그게 타꼬야끼의 철학이라고 말하겠어요. 아, 또 편집 생각나네."

"너무 상심하지 마라. 예전과 달라질 건 없잖으냐."

"웬일로 정말 걱정해주시는 것 같네요."

"타꼬야끼는 잠깐 부는 바람 같은 것, 너는 붕어빵의 품으로 돌아오게 되어 있으니까. 아비는 널 믿는다."

타꼬야끼의 정체

남자와 여자는 각각 두 부류로 나눌 수 있다. 하루종일 타꼬야끼를 팔다보면 많은 사람들을 만나고 또 보게 된다. 그날 판 타꼬야끼의 개수보다 더 많은 사람들을 보게 되는 날도 있다. 하루는 트럭 앞을 지나가는 사람들을 세다가 천명을 넘자 포기했다. 네 자릿수부터 골치가 아팠다. 많은 사람들을 보다보니 나름대로 기준이 생겼다.

남자의 경우 타꼬야끼를 사는 남자와 사지 않는 남자.

여자의 경우 얼굴은 예쁜데 가슴이 작은 여자와, 얼굴은 평범한데 가슴이 큰 여자.

얼굴도 예쁘고 가슴도 큰 여자도 있겠지만, 장사를 몇년째 하면서 얼굴이 예쁘고 가슴도 큰(뽕 같아 보이지 않는) 여자는 두명밖에 본 적이 없고, 둘 다 타꼬야끼를 사지 않았다. 그러니 모든 걸 갖춘 여자는 없는 거나 마찬가지다. 얼굴도 못생기고 가슴도 없는 여자는 타꼬야끼를 사지 않는 남자와 마찬가지다. 여자들도 키 작고 얼굴 못생긴 남자들을 '남자'로 인식하지 않는 것처럼.

그녀의 얼굴은 긍정적으로 보면 귀엽다고 할 만했다. 대신 가슴이 예쁘게 컸다. 타꼬야끼 스무알을 합친 것 같았다. 타꼬야끼 서른알 이상짜리는 거의 없고 열알만 되어도 평균 이상이었다. 대부분 타꼬야끼 다섯알짜리였고 한알보다 못한 여자도 종종 보였다. 스무알 그녀는 이틀에 한번씩 타꼬야끼를 사러 왔다.

"여섯알 주세요."

"잠시만 기다려주세요. 금방 따끈따끈한 걸로 드릴게요."

반죽을 부은 지 얼마 되지 않았다. 아버지, 타꼬야끼야말로 따뜻하게 먹을 수 있는 길거리음식이라구요. 구워둔 붕어빵은 미지근하잖아요. 타꼬야끼는 팔기 직전까지 뜨거운 틀판에서 내려오지 않고 마지막 순간까지 불기운 속에서 인내하죠. 아들아, 나는 식은 붕어빵은 팔지 않는단다. 미리 많이 만들지 않기 때문이지. 아버지, 그건 아버지의 붕어빵이 특별한 거지, 보통 붕어빵들은 그렇지 않아요. 붕어빵의 평균으로 말해야 옳죠. 보통 타꼬야끼는 항상 따뜻하게 손님에게 제공되니 타꼬야끼가 붕어빵보다 훌륭하다고 볼 수 있죠. 아들아, 어서 타꼬야끼나 팔아라.

타꼬야끼 굴리는 모습을 보는 그녀의 눈이 타꼬야끼처럼 동그랗다. 그녀는 굴리기송곳 하나로 타꼬야끼를 돌리는 모습을 보며 탄

식을 내뱉었다. 순대를 써는 모습은 재미는커녕 이러고도 먹고살아야 하는지, 인간의 육식성에 대해 회의하게 만든다. 만두를 포장하는 모습, 떡볶이나 오뎅이 끓는 모습은 무미건조하다. 붕어빵 정도면 다른 길거리음식보다야 흥미로울 수도 있지만 그래봐야 단순함을 벗어나지 못한다. 구경하는 재미까지 선사하는 길거리음식은 타꼬야끼밖에 없다.

"무슨 맛으로 드릴까요?"

"달콤한 맛요."

"네, 네, 잠시만 기다려주세요. 드시고 가실 거예요, 포장해가실 거예요?"

"먹고 갈게요."

웃고 있는 문어가 그려진 여섯알짜리 종이상자를 꺼내고, 굴리기송곳으로 타꼬야끼를 찍어 착착착착착착 순서대로 여섯알을 올리고, 그 위에 파슬리 가루를 살짝 치고, 카쯔오부시를 한움큼 토핑하고, 마요네즈 쏘스와 간장 쏘스를 가볍게 뿌렸다. 아, 당신은 너무 뜨거워요. 카쯔오부시가 녹아내리며 말했다. 아, 이 달콤한 맛.

"아, 이 달콤한 맛."

"네?"

"아, 헛소립니다. 여기 타꼬야끼 나왔습니다. 이천원입니다."

바로 다른 손님이 들어왔다. 그녀는 타꼬야끼를 들고 한켠으로 물러났다. 구워진 게 있어서 다음 손님은 기다리지 않고 타꼬야끼를 사가는 행운을 누렸다. 그다음 손님이 들어오고, 나갔다. 다시 타꼬야끼 틀에 반죽을 부었다. 다음, 다음, 다음 손님이 다녀갔다. 그때까지 그녀는 얼굴이 살짝 상기된 채 타꼬야끼를 하나도 먹지 않고 있었다.

"손님."

"네?"

"타꼬야끼는 뜨거울 때 먹는 게 더 맛있는데……"

"아, 예."

엄청 신경이 쓰였다. 단골이 타꼬야끼를 먹지 않고 계속 보고만 있는데 신경 쓰이지 않을 리가. 타꼬야끼를 굴리기송곳으로 굴리고 있는데 여자가 헛기침을 했다. 헛기침이 곧 제가 뭔가를 말할 테니 들어주세요, 하는 신호로 들렸다.

"저기, 타꼬야끼는 뜨거울 때 먹는 게 더 맛있다고 하셨잖아요."

"네, 그렇죠."

"왜 그런 거죠?"

"왜라뇨? 보통 음식들은 다 뜨거울 때 먹는 게 맛있다고 하잖아요. 자, 식기 전에 들어라, 이러잖아요."

"그렇긴 한데 차갑게 해서 먹는 게 더 맛있는 것도 있잖아요. 아니면 차갑게 해서 먹는 것도 나름대로의 맛이 있거나. 계란찜이나 계란말이나 둘 다 계란이 들어가긴 하지만 전 계란말이는 일부러 만들어서 냉장고에 넣어뒀다 먹거든요."

어? 듣고 보니 그런 것 같기도 하다. 금방 한 밥이 맛있지만 찬밥이 맛있을 때도 있고.

"듣고 보니 그러네요. 저도 계란말이는 식은 게 더 맛있었던 것 같아요."

"그렇죠? 차가운 타꼬야끼는 어떨까요?"

가슴만 훌륭한 줄 알았는데 의외로 발랄한 아가씨다. 여자 손에 들린 타꼬야끼의 카쯔오부시는 아까 전에 춤을 멈췄다. 여자는 그제야 나무꼬치로 타꼬야끼를 찍었다. 나는 멍하니 타꼬야끼가 그녀의 입으로 들어가고, 그녀가 입을 오물거리며 타꼬야끼를 천천히 씹고, 입술에 붙은 카쯔오부시 한 조각이 살짝 하늘거리고, 타꼬야끼가 목구멍으로 내려가는 것을 지켜보았다. 세상에, 타꼬야끼를 먹는 모습이 섹시할 수 있다니. 가슴이 커서 그런가?

*

오오사까 여행에서 돌아오자마자 은행에 가서 모아둔 돈의 절반을 찾았다. 생각 같아서는 몽땅 찾아서 엔화로 바꾸고 싶었지만 향후 환율이 떨어질 거란 기사를 보고 절반만 바꿨다. 그후 엔화가 꾸준히 올라서 오히려 손해를 봤다. 은행에서 나온 뒤 남대문시장에서 거대한 캐리어를 샀다.

"사람 둘 정도는 족히 들어가겠네요. 크고 좋네요."

"이민 가세요?"

"아뇨, 유학 갑니다."

"미국?"

"일본요."

"좋겠네요. 나도 젊었을 때 공부하러 외국 나가보고 싶었는데. 무슨 공부 하러 가세요?"

"타꼬야끼요."

주인은 타꼬야끼를 아는지 이상한 눈빛으로 나를 쳐다봤다. 이것저것 캐리어를 열어 보이면서도 경계하는 모습이었다. 어색해서 괜히 한번 웃었더니 그때부터 손에서 휴대전화를 놓지 않았다. 계산을 하고 나오는데 "정말 타꼬야끼는 아니겠지" 하고 중얼거리는 소리가 들려 뒤로 돌아 물끄러미 바라봤다. 눈이 마주치자 주인은 황급히 고개를 돌렸다. 그제야 여행 내내 면도 한번 하지 않았던 게 생각났다.

챙겨갈 것도 별로 없었다. 여행 갈 때와 마찬가지였다. 여행 갈 때 갖고 갔던 것과 같은 것을 더 많이 캐리어에 넣으면 끝이었다. 속옷을 더 챙기고, 양말을 더 돌돌 말아 넣고, 얼마나 있을지 알 수 없으니 여름옷과 겨울옷도 되도록 많이 넣었다. 일본은 우리나라보다 물가가 비싸니까 많이 들고 가서 손해 볼 일은 없겠지. 집에서 내 짐을 들어냈지만 표도 나지 않았다.

아버지가 라면 같은 걸 택배로 보내주면 좋겠지만 그럴 리 없다. 부탁도 안했다. 본능적으로 아버지가 반대할 게 느껴졌다.

"아버지, 저 몇년 동안 공부 좀 하고 올게요."

"공부라니, 무슨 소리냐?"

"타꼬야끼를 공부해볼 생각이에요."

“타꼬야끼라니, 과학 같은 거냐?”

“비슷해요. 기술 집약적인 풀빵이니까요. 붕어빵이 경공업이라면 타꼬야끼는 반도체 정도 될 것 같아요.”

“뒤늦게 대학에 가겠다니 이해할 수 없구나.”

“대학은 아닌데…… 어쨌든 다녀올게요.”

“헛소리 그만하고 와서 리어카나 끌어다오.”

“아버지, 저 지금 일본이에요.”

두번째 가는 길이라 찾아가기 편했다. 지난번과 같은 방향으로 길을 잃으면 되겠지. 거대한 캐리어 바퀴가 인도에 부딪혀 내는 소리가 캉, 캉, 캉, 캉 났고 내 심장도 바퀴 소리에 맞춰 뛰었다. 스승님이 날 거부할 리 없다는 근거 없는 확신이 있었지만 만약에 제자로 받아주지 않으면? 다시 이 거대한 짐을 들고 한국으로 돌아가야 하나? 항공권도 편도로 끊고 왔는데. 혹시라도 일년짜리 왕복 항공권을 살 걸 그랬나. 아니야, 이 정도 각오는 있어야지. 나는 배수진을 치는 심정으로 왕복 항공권보다 몇만원 싸지도 않은 편도 항공권을 구입했다. 귀국한 지 사흘 만에 다시 오오사까행 비행기를 탔다. 이번에는 인천공항에서 출국하고 싶었는데 역시 김포공항이었다. 금의환향(錦衣還鄕). 귀국할 때는 꼭 인천공항으로 들어와야지.

이른 아침이라서 그런지 아직 가게는 문을 열지 않았다. 지난번에 왔을 때와 같았다. 이번에는 배낭 대신 캐리어에 올라앉아 스승님의 가게를 쳐다봤다. 정말 자그마한 가게다. 자그마한 가게라는 게 더 마음에 들었다. 정확히 열한시가 되었을 때 스승님이 나타났다. 이번에도 스승님은 나를 기억하고 있었다.

"배우고 싶습니다!"

"환영합니다."

"제가 올 줄 알고 계셨습니까?"

"아니요, 하지만 오면 좋겠다고 생각했습니다."

너무 쉽게 제자가 되자 실감이 나지 않았다. 스승님이 가게 문을 여는 동안 뭔가 도와드리고 싶었지만 아는 게 있어야지. 문을 열고 닫는 법부터 배웠다. 아버지는 붕어빵 리어카를 끌고 다녔기 때문에 '문'을 열고 닫아본 적이 없었다.

그렇게 스승님의 세번째 제자가 되었다. 한국인으로서는 첫번째 제자였다.

*

"저, 타꼬야끼 굽는 거 배우려면 얼마나 걸려요?"

"배우는 정도에 따라 다르죠."

"아저씨, 아니 사장님처럼 구우려면요?"

"저처럼 구우려면 최소 이년은 걸릴걸요? 장사하시게요?"

"장사할 생각은 아니구요, 배워보고 싶어서요."

타꼬야끼 굽는 게 재미있어 보이는지 어떻게 하면 되는지 묻는 사람들이 많았다. 대부분 타꼬야끼를 기다리는 동안 물어봤다가 타꼬야끼를 사가면서 질문을 잊었다. 나는 그냥 웃었다. 공부나 하세요. 눈빛으로 말할 수 있을까.

"공부나 하라고 하지 마시구요, 열심히하면 일년 안에 어떻게 안 되나요?"

어라, 내 눈이 말하는 능력도 있었나.

보통 이년이라고 그러면 농담인 줄 알고 웃고 만다. 농담이 아닌데. 스승님은 이때까지 자신을 거쳐간 제자 중에 내가 최고라고, 가장 짧은 시간에 타꼬야끼의 정수를 대부분 깨달았다고 칭찬했다. 그것도 일본인이 아니라 한국인이 이렇게 짧은 시간에 깨달을 줄은 몰랐다며 이방인에 대한 편견을 부숴줘서 고맙다고 했다. 나는 일년하고도 팔개월 만에 공부를 마치고 귀국할 수 있었다. 사형들은 평균 삼사년 이상 공부하고 자신만의 독립된 가게를 열었으니 이만하면 어느 대학 어느 과 전공 공부 못지않았다.

누구도 타꼬야끼 따위에 일년을 투자하려 들지 않는다. 짧으면 반나절, 길어야 하루이틀 연습해서 타꼬야끼 트럭을 몬다. 내가 아버지 밑에서 붕어빵만 연습한 게—물론 학업을 병행하긴 했지만—십년 정도인데, 붕어빵보다 더 오묘한 경지인 타꼬야끼의 세계가 쉽게 이루어질 리 없다.

열심히, 일년이라는 말이 듣기 좋았다. 오랜만에 타꼬야끼의 진가를 알아보는 사람을 만난 것 같았다. 이틀에 한번씩 타꼬야끼를 사러 올 때부터 알아봤어야 했는데. 눈도 얼굴도 동글동글한 게 타꼬야끼와 잘 어울렸다. 스승님이 나를 처음 만났을 때 이런 기분이었을까? 영화 같은 스승님과 나의 만남도 낭만적이지만 꾸준하게 타꼬야끼를 먹다가 맺어지는 사제관계도 나름대로 괜찮아 보였다. 모든 일이 꼭 운명처럼 이루어져야 할 필요는 없을 테니까.

"이거, 보기보다 쉽지 않아요."

"쉬워 보이지도 않는걸요."

두번째 테스트도 통과. 마음속으로 고개를 끄덕거렸다. 가슴이 커서 그런가, 볼수록 마음에 들고, 들을수록 마음에 드는 대답만 한다. 이게 다 아버지 때문이다. 아버지가 붕어빵에 미쳐 있지만 않았더라면 어머니가 가출하지 않았을 것이고, 나도 가슴에 집착하지 않았겠지. 김영감님 말에 따르면 어머니가 가출했을 때 아버지는 "이제 방해받지 않고 이 녀석에게 붕어빵을 전수할 수 있겠군"이라고 중얼거리며 붕어빵을 구웠단다.

"여자가 하기 쉬운 일은 아니에요."

"우리나라에 여자가 하기 쉬운 일도 있어요?"

"왜, 교사나 약사 같은 거."

"에이, 교사나 약사는 여자가 하기 쉬운 일이 아니라 아내가 하면 남편이 좋은 직업이니까 그런 거죠. 집안살림 떠넘기기 만만하고 돈도 적당히 벌어오니까. 또, 약사나 교사가 되는 건 어디 쉬워요? 어차피 우리나라에서 여자가 하기 쉬운 일은 없어요."

"그건 남자도 마찬가지 아닌가? 남자가 하기 쉬운 일이 있으면 저부터 하고 싶은데."

"진짜요?"

"농담. 전 타꼬야끼 굽는 게 제일 좋아요. 손 한번 내보세요."

"손요?"

여자는 손바닥을 비비더니 앞으로 내밀었다. 타꼬야끼에서 가장 중요한 건 손이다.

손가락이 가늘고 긴 걸 보니 타꼬야끼에서 가장 중요한 굴리기 송곳을 다루기에 적합해 보인다. 좋다. 손가락이 길면서 손바닥이 너무 넓어서도 안된다. 손바닥이 너무 넓으면 회전을 줄 때 손목에 조금씩 무리가 가고 타꼬야끼를 오래 구울 수 없다. 일종의 직업병이랄까. 타꼬야끼를 반드시 구워야만 하는, 타꼬야끼를 위해 타고난 손은 아니지만 이 정도면 상당히 좋은 손에 속했다.

"피아노 칠 줄 알아요?"

"조금요. 혹시 이거 면접인가요?"

"비슷한 거예요. 어디까지 쳤어요?"

"체르니 삼십번까지요. 설마, 피아노도 잘 쳐야 해요?"

그녀는 허공에 손을 대고 연주하는 흉내를 냈다. 피아노를 쳐본 모양이었다.

"리드미컬한 손놀림을 위해서는 피아노가 제일 좋아요. 더 좋은 악기도 있겠지만 피아노만큼 흔하게 배울 수 있는 건 없으니까."

"그럼 저 합격이에요?"

*

"신상, 신상은 좋은 손놀림을 가지고 있습니다."

당연하다. 어릴 때부터 아버지는 나를 단련했다. 돌잡이 때 나는 기역 자 모양의 붕어빵긁개를 쥐었다고 한다. 역시 김영감님의 회고에 따른 것인데, 내가 책이나 실 같은 걸 쥐려고 할 때마다 아버지가 슬쩍 밀어내버려서 남은 게 그것밖에 없었다고 한다. 어릴 때 내 장난감은 죄다 붕어빵과 관련된 것들이었다. 그래도 붕어빵긁개는 남자아이에게 칼처럼 느껴지기도 해서 갖고 놀 만했다. 아버지 옆에서 보고 배운 게 붕어빵긁개로 붕어빵틀을 탁탁탁 치고 뒤집고 꺼내는 기술이었으니 내 손놀림이 정확한 건 당연했다. 게다가 군대마저……

"감사합니다, 스승님."

"그런데 신상, 타꼬야끼는 정확함만으로 되는 게 아닙니다. 신상의 손놀림은 훌륭하지만 너무 정확하기만 합니다."

"정확한 손놀림이야말로 타꼬야끼를 완벽하게 굽기 위해 필요한 게 아닙니까? 항상 일정한 맛을 위해."

"그렇게 생각할 수도 있습니다. 어떤 상황에서나 같은 맛의 타꼬야끼를 굽기 위해 불철주야 노력하는 사람들도 있습니다. 잠도 줄여가며 공부하듯 타꼬야끼 연습만 하는 사람도 있지요. 뼈를 깎는 연습과 철저한 계량으로 이루어진 그야말로 퍼펙트한 타꼬야끼를 추구하는 사람들도 있지요. 하지만 나는 타꼬야끼의 본령이 정확함에만 있다고 생각하지 않습니다."

"스승님, 정확하지 않아야 더 좋은 타꼬야끼가 나오는 건가요?"

"그것도 아닙니다. 맛있는 타꼬야끼를 위해서는 많은 반복과 연습을 통해 항상 정확하게 타꼬야끼를 구워야 합니다. 게으른 사람들이 선부르게 개성을 말하곤 하지요. 노력하는 사람이 개성을 떠들지는 않습니다. 나는 신상에게 연습과 정확함 너머에 있는, 조금 더 넓은 것을 가르쳐주고 싶습니다. 신상, 할 줄 아는 악기가 있습니까?"

할 줄 아는 악기라고는 리코더밖에 없었다. 트라이앵글이나 캐스터네츠…… 실로폰도 몇번 해본 적이 없다. 나는 리코더는 조금쯤 불 수 있을 거라고 대답했다.

"모든 악기가 가능합니다. 리코더도 좋지만 피아노가 더 좋을 것 같습니다. 좋은 피아노 학원을 소개해줄 테니 오늘 저녁부터 피아노를 배우고 가게는 쉬세요."

약도 하나 들고 피아노 학원을 찾아갔다. 스승님이 소개해준 곳이라 대단한 피아니스트 밑에서 배우게 되려나 했지만 그곳은 학원이라기보다 작업실 같은 곳이었다. 아니야, 오히려 진정한 고수의 외양은 평범하다 못해 초라한 법이지. 며칠 지나보니 그것도 아니었다. 초라하다고 해서 다 특별한 건 아니었다. 때로, 초라한 건 그냥 초라할 뿐이다.

말이 안 통해도 악기를 배우는 건 어렵지 않았다. 대머리 선생은 두세번 가르쳐주고 한참 나를 내버려뒀다가 다시 몇번 고쳐주는 식으로 수업을 했다. 그날부터 가게에도 나가지 않고 하루종일 피아노만 쳤다. 밥 먹고 피아노 치고, 손이 아프면 잠시 쉬다가 피아노 치고, 다시 좀 나아졌다 싶으면 피아노 치고. 스승님한테서 아무런 연락이 없었지만 가끔 대머리 피아노 선생이 타꼬야끼를 들고 왔다. 스승님의 격려를 타꼬야끼의 부드러움 속에서 느낄 수 있었다.

체르니 삼십번까지 치는 데 넉달이 걸렸다. 국내의 어떤 유명한 가수는 한달 만에 끝냈다고 하는데 이를 악물고 연습했지만 시간이 꽤 걸렸다. 그 가수가 나만큼 열심히했을 것 같지는 않다. 그 가수야 재능이 있었을 테니 금방 배웠겠지. 혹시 그 가수도 열심히해서 한달 만에 끝낸 걸까?

사실 체르니 삼십번을 끝내지 못했다. 백번에서 삼십번으로 넘어가는 길목에서 스승님이 왜 피아노 학원에 보냈는지 깨달았다. 그날도 열심히, 정확히 연주하려고 연습하고 있었다. 연습하던 중 건반 하나를 잘못 눌렀는데 그 소리가 듣기 좋았다. 틀렸다는 느낌이 들지 않았다. 다시, 일부러 아까처럼 건반을 잘못 눌렀다. 이번에는 듣기 거북했다. 틀렸다는 생각이 들었다.

그날 밤 그 곡만 서른번 넘게 쳤다. 다음 날 아침, 나는 피아노 학원 대신 가게로 걸어갔다.

"신상, 이제 끝냈나요?"

"아뇨, 끝내지 못했, 아니, 않았습니다."

*

인생은 실전이다. 요리도 실전이다. 따라서 인생은 요리와 같고, 요리는 인생과 같다. 인생과 요리의 공통점은 하나 더 있다. 많은 연습이 있다면 실전을 더 잘 치를 수 있다. 많은 연습이 있으면 좋겠지만 그러려면 돈과 시간이 많이 필요하다. 많은 연습을 할 수 있는, 몇번쯤 연습을 해도 좋고, 연습을 망쳐도 되는 인생은 타고나야 한다. 도전정신을 강조하는 사람들은 기실 실패해도 괜찮거나 성공했거나 재능을 타고난 사람들이다.

"재료가 저렴한 편이니까 그래도 연습을 많이 해볼 수 있지. 비싼 재료를 다루는 요식업종은 재료값 때문에 제약이 많아. 그런 쪽은 주로 가짜를 가지고 연습하지. 진짜를 가지고 많은 연습을 할 수 있는 것이 타꼬야끼의 너그러움을 보여준다고 할 수 있지."

"와, 진짜 그런 것 같아요. 마음 편하게 연습할 수 있겠네요."

"응, 대신 망친 건 다 먹어야 해. 마음이야 편하겠지만 배 속도 편하진 않을걸."

"그런 게 어디 있어요. 마음 편하게 하라면서요."

"농부와 어부, 그리고 문어에 대한 최소한의 예의라고 생각하렴."

아버지와 통화할 때 내 말발이 뛰어나다고 생각해본 적은 없었는데, 제자를 받아보니 미처 알지 못했던 내 화술이 드러났다. 이래서 꼭 한번 제자를 두어보고 싶었다. 물론 스승님은 좋은 분이셨지만, 나도 스승님처럼 뭔가 멋지고 으스댈 수 있는 말을 해볼 날을 꿈꿨다. 스승님의 말은 맞는 말이지만 어차피 제자가 대답도 할 수 없는 질문을 하고 "아닙니다. 정답은" 하고 이어가는 말을 여러번 반복해 듣다보면 솔직히 짜증이 나기도 했다. 나는 티 나지 않게 목을 가다듬었다.

"타꼬야끼에서 제일 중요한 건 뭐라고 생각해?"

설마 정답을 맞히진 않겠지. 정답을 맞히면 다른 말로 정답을 바꿔야 할 텐데. 정답을 맞히지 못할 게 뻔하니 묻는 질문이기는 하지만, 만약 정답을 맞힌다면 다른 것이라고 우길 생각이었다.

"어, 재료?"

얘는 재료가 먼저 나오는구나.

"땡."

"그럼 기술이 아닐까요?"

조금 실망인데.

"틀렸어."

"아, 정성! 정성이요."

오오사까의 타꼬야끼 장인들 사이에서 내려오는 오래된 심리 테스트가 있다. 어떤 가게에서는 이 심리 테스트로 제자로 받아줄지 받아주지 않을지 결정한다고도 하는데 보통 사람들도 많이 알고 있는 말이다보니, 그저 농담이겠지.

재료라고 대답하는 사람은 근본을 중요하게 여긴다. 대체로 정직하며 성실하지만 원리원칙주의자인 경우가 많다. 재료에 많은 돈을 쓰기 때문에 막상 수입은 적지만, 대신 단골을 많이 확보할 가능성이 높다. 재료가 마땅치 않으면 아예 그날 장사도 하지 않는 고지식한 성격이다. 실력이 뛰어나거나 똑똑하지 않다. 대성할 가능성이 낮기 때문에 은근한 비하의 의미도 들어 있다. 자부심은 있지만 그 자부심만큼 훌륭한 타꼬야끼를 굽지 못하리라고 생각하는 사람들도 있다.

기술이라고 대답하는 사람은 현실주의자다. 시대의 변화를 빠르게 읽을 수 있고 뭐든 빠르게 배운다. 기술이라고 대답하는 사람은 작은 문어도 더 크게 씹히는 듯한 느낌을 주게 타꼬야끼를 구울 수 있다. 노력파이기도 하다. 늘 한결같은 맛을 내기 때문에 손님이 많고 금방 유명해질 수 있다. 머리가 좋고 노력도 겸비하지만 따뜻한 맛은 내지 못한다. 여러가지 쏘스를 사용하고 새로운 쏘스 개발에도 열심이지만 전통적인 타꼬야끼의 맛과 다소 거리가 있다.

순박하거나 아주 약은 사람들은 정성이라고 대답한다. 가장 이상적인 답안처럼 보이지만 문제는 타꼬야끼가 정성만 가지고 되는 게 아니라는 것. 아무리 정성이 좋으면 뭐 하나, 재료가 나쁘거나 기술이 부족하면 맛있는 타꼬야끼가 될 수 없는데. 게다가 이 정성은 눈으로 확인하기 어렵다. 자신감이 낮고, 겸손한 편이다. 열심히 하기는 하는데 결과가 그리 좋지 않다. 가장 위대한 장인이거나, 가장 흔하게 볼 수 있는 사람들이 선택하는 대답이라고 알려져 있다.

설명을 들으면서 현지는 고개를 부지런히 끄덕거렸다. 처음에는 끄덕, 두번째 설명을 들을 땐 끄덕끄덕, 세번째 설명을 할 때는 뭔가 깨달았다는 듯 끄더더덕끄더더덕. 손님에서 제자로 강등되자마자 서로의 위치가 달라졌다. 이것도 제자를 두고 싶었던 이유 중 하나다. 손님은 왕, 왕의 스승은 왕사(王師), 그러니까 바로 나.

"그러니까 재료, 기술, 정성 셋 다 중요하다는 말씀이군요. 어느 하나만 가지고 되지 않는다는 것!"

"틀렸어. 누구 마음대로? 제일 중요한 것 중 하나라고 했지 셋이라고 한 적은 없는데?"

"네? 어, 네."

"가장 중요한 건 말이지."

이걸 쉽게 알려줘도 되나? 내가 스승님께 이걸 언제 배웠더라. 가장 중요한 비결이긴 한데 막상 떠올려보니 나도 첫날부터 이걸 배웠던 것 같다. 비결은 제자가 한참 노력한 뒤 '하나가 부족해!' 하고 좌절할 때 알려주는 게 더 그럴듯할 것 같은데. 다시 한번 스승님이 고마웠다.

"뭔데요오오오. 가르침을 내려주시옵소서, 사부."

"오냐. 가장 중요한 것은, 어흠."

*

"타꼬야끼에서 가장 중요한 건 차이입니다."

"차이요?"

응? 자고로 풀빵이란 똑같은 것 아닌가. 붕어빵처럼 닮았다는 표현처럼. 같음으로써 공평하고 민주적인, 누구에게나 같은 맛과 앙금으로 다가갈 수 있으며, 그렇게 다가가야만 하는 게 풀빵의 본질이요 장점이라고 아버지에게 배웠다.

아아, 풀빵의 차이라면 혹시 이건가?

"아, 더 달콤한 쏘스라거나, 더 부드러운 맛이 나게 한다거나 그런, 다른 가게들과 차별화되는 지점이 필요하다는 말씀이군요."

"아닙니다. 특제 쏘스나 특별한 재료를 반죽에 섞어 개성을 갖는 가게들도 있습니다만 제가 말한 차이는 그게 아닙니다. 타꼬야끼의 차이는, 타꼬야끼 한알 한알이 갖는 차이를 말합니다. 높고 낮음도 아니며 강하고 약함도 아닙니다. 차이는 차이입니다."

다른 음식이라면 몰라도 풀빵 하나하나에 차이가 있다는 말은 이해하기 힘들었다. 스승님은 타꼬야끼 틀에 반죽을 휘휘 뿌렸다. 붓는다는 말보다 뿌린다는 말이 어울릴 것 같았다. 화단에 물을 주는 모습과 비슷했다. 스승님이 타꼬야끼 틀에 물을 주고 정성을 쏟으면 잠시 후 틀 위에서 타꼬야끼가 아름답게 피어올랐다.

"신상, 신상은 한번에 타꼬야끼를 몇알이나 먹을 수 있습니까?"

"배가 터질 때까지 타꼬야끼만 먹어본 적은 없지만……"

"간식으로 몇알까지 먹을 수 있을 것 같습니까?"

"열알? 보통 간식이라면 무난하게 여섯알 정도 사 먹는 것 같습니다. 여자들은 네알짜리를 사 먹는 것 같구요."

"여섯알의 타꼬야끼 맛이 모두 같다면, 그 타꼬야끼는 평범한 타꼬야끼가 되고 맙니다. 한번에 여섯알을 먹을 때, 이때 타꼬야끼는 여섯알이 하나이면서, 한알 한알이 서로 다른 타꼬야끼이기도 합니다. 여섯알이나 한알이나 모두 타꼬야끼이지만, 한알 한알의 맛이 미묘하게 다르다면 다른 종류의 타꼬야끼 여섯알을 먹게 되는 것입니다."

조금씩 다른 여섯알의 타꼬야끼라. 스승님은 내 얼굴을 보고 말씀을 하시면서도 굴리기송곳으로 타꼬야끼를 여유 있게 굴렸다. 바쁜 쪽은 오히려 나였다. 타꼬야끼가 익어가는 모습을 보랴, 스승님의 손 움직임을 따라가랴, 대화를 하는데 뭔가 예의가 아닌 것 같아서 다시 스승님을 쳐다보랴……

"오오사까에는 타꼬야끼의 명인이 많습니다. 저도 물론 긍지를 갖고 있지만 제가 최고라고 말하지 않습니다. 긍지가 있는 것과 자신이 최고가 되어야 한다고 생각하는 것은 다른 문제니까요. 신상이 다른 타꼬야끼에서 느끼지 못했던 맛을 제 타꼬야끼에서 찾은 건 한알 한알이 조금씩 달랐기 때문입니다. 타꼬야끼가 배가 부른 음식은 아니지만 똑같은 맛을 계속 먹다보면 마지막 한두알쯤 되었을 때는 아무리 배가 큰 사람이라도 질릴 수밖에 없습니다. 배보다 혀가 먼저 지치니까요. 배에 비해 혀는 연약하지요."

스승님은 다 익은 타꼬야끼 네알을 꺼냈다. 그리고 그 위에 아무것도 뿌리지 않고 나에게 내밀었다.

"그냥 먹어보십시오. 아주 오래된 단골손님 중 가끔씩 순수한 타꼬야끼만을 주문하시는 분들이 있습니다. 그분들이 쏘스를 뿌린 타꼬야끼를 좋아하지 않는 것은 아니지만, 이 타꼬야끼를 그냥 먹었을 때 하나하나의 얼굴을 더 잘 볼 수 있다는 것을 알기 때문에 기본만 주문하지요."

첫 알. 맛있고 평범한 타꼬야끼의 맛이다. 겉면의 바삭함도 적절하고, 속도 골고루 잘 익었다. 너무 익어서 속살의 부드러운 느낌이 죽지도 않았고 설익어서 밀가루 반죽 맛이 나지도 않는다. 역시 문어도 맛있고.

두번째 알. 이번에도 역시 맛있고 평범한 타꼬야끼의 맛이다. 겉면의 바삭함도 아까와 같은데…… 어? 속살이 아까보다 더 뜨겁다. 한알이라도 뒤에 먹었으니 더 식었어야 하는데 오히려 더 뜨거워서 두번째 먹는 게 마치 처음 먹는 것 같은 느낌이 난다. 문어도 아까보다 더 크고 쫄깃한 것 같다. 스승님 앞만 아니라면 손바닥에 뱉어서 확인해보고 싶었다.

세번째는 입천장을 델 뻔했다. 매운 것을 먹었을 때와 비슷한 뜨거움이 입천장을 치고 내려와 입안을 가득 채웠다. 겉면이 아까보다 훨씬 부드러워 바삭하지 않고 촉촉하고 동글동글한 느낌이었다. 타꼬야끼를 살짝 깨물자마자 금방 톡 하고 터져서 입안에서 폭발하는 듯한 느낌. 타꼬야끼를 먹는데 야한 기분이 들었다. 나도 모르게 거기에 힘이 조금 들어갔다. 세번째 타꼬야끼가 목구멍을 넘어갈 때는 아쉽고 기운이 빠지는 듯했다. 스승님이 나를 보고 빙긋 웃었다. 나도 모르게 입을 헤 벌렸다.

마지막 타꼬야끼의 맛은 편안함이었다. 뜨겁지도 차갑지도 않았지만, 조금 식은 듯한 온도가 오히려 지친 혀를 편안하게 달래주었다. 타꼬야끼가 혀를 토닥토닥 안아주었고, 아까와 달리 아주 천천히 타꼬야끼를 사탕 먹듯 입에서 굴렸다. 느긋하게 즐기는 가운데 나도 모르게 타꼬야끼가 위 속으로 넘어갔다. 아쉬웠던 세번째와 달리 나른함이 남았다.

"네알을 먹었는데 얼마든지 더 먹을 수 있을 것 같습니다."

"그것입니다. 다른 타꼬야끼라면 네알이나 여섯알이나 비슷합니다. 더 먹고 싶은 건 허기의 차이일 뿐이지요. 하지만 타꼬야끼에 차이를 불어넣는다면, 네알의 타꼬야끼는 다섯가지의 맛과 느낌을 갖게 됩니다. 한알 한알의 맛, 그리고 전체의 맛."

"놀랍습니다. 여태껏 음식을 먹고 남미의 탱고를 춘다느니, 이런 말을 들을 때마다 헛소리라고 생각했습니다. 맛있는 건 그냥 맛있는 거라고 생각했는데, 다양한 느낌을 담을 수 있을 줄이야……"

"모든 타꼬야끼가 같을 수 없습니다. 모든 타꼬야끼의 맛이 균일하다는 건 착각입니다. 한알 한알이 서로 달라서 맛있는 거지요. 타꼬야끼의 맛을 강제로 통일하려고 들면 하나하나의 맛이 죽어버리지요. 공처럼 통통 튈 수 있는 유연함을 가진 타꼬야끼를 상상해보세요. 참, 신상이 맛있게 먹어서 나도 기쁩니다."

*

방송에 나가지 못했지만 더 유명해졌다. 방송국에서 나와 이것저것 찍어댄 일이 이목을 끌었던 모양이다. 덩달아 박씨 아저씨와 윤씨 아저씨도 예전보다 조금 장사가 잘되었다. 박씨 아저씨는 싱글벙글, 순대를 써는 도마 소리가 상쾌했지만 윤씨 아저씨의 표정은 변하지 않았다. 오히려 예전보다 기분이 안 좋아 보였다.

"혹시 간첩이 아닐까요?"

"좌 둘 우 삼, 기름이 부족한데. 꼼꼼히 꾹꾹 눌러 찍어야지."

현지가 다시 기름 솜을 타꼬야끼 틀에 꾹 찍었다. 손목에 힘이 더 들어갔다. 가슴이 커서 그런가. 팔을 움직이는 게 조금 느리고 손목까지 영향을 준다. 내 눈길을 느꼈는지 현지가 눈을 흘겼다.

"뭘 봐요."

"기, 기름이 많아. 느끼해."

"딱 적당한데요."

"많다니까. 그리고 윤씨 아저씨가 간첩이라니. '넌 너무 많은 것을 알고 있어' 하면 어쩔래. 친척끼리 그러는 거 아니야."

"친척이세요?"

"타꼬야끼와 찹쌀 도넛은 생긴 게 동글동글하게 닮았잖아. 말하자면 사촌간이라고 할 수 있지. 넌 사촌지간에 험담하냐?"

"사부, 친척 없죠? 명절만 되면 자식 자랑 돈 자랑으로 싸우는 게 친척이에요. 자, 우리 큰딸보다 앞설 사람은 누구냐! 여기 우리 둘째아들이 너를 상대해주마, 얍얍!"

"보나마나 넌 매번 지는 쪽이겠군."

"고등학교 때는 맨날 이겼구요, 대학 올 때는 개선장군이었어요. 시험만 붙었으면 지금도 이기는 쪽일 텐데. 이젠 죄다 패배자라서. 윤씨 아저씨처럼 표정 없는 사람 처음 봤어요."

"너처럼 말 많은 여자도 처음 본다."

"다른 여자 만나본 적은 있어요? 사부 모태솔로죠? 모태솔로라서 타꼬야끼를 잘 굽는 건가?"

타꼬야끼 트럭은 작다. 두 사람이 같이 앉아서 타꼬야끼를 구울 공간이 전혀 나오지 않는다. 반죽, 문어, 카쯔오부시, 쏘스, 쏘스도 두 종류, 일회용 종이상자, 종이상자 싸이즈도 세 종류가 있고, 종이컵(네알짜리 타꼬야끼는 종이컵에 준다), 나무꼬치…… 좁은 트럭에 이 모든 걸 싣고 다니고 작업환경은 딱 한 사람이 앉아서 앞과 좌우로 움직이기에 적합하게 되어 있다. 다른 재료들은 뒤에 쌓아두고. 어쩔 수 없이 현지가 안에 들어가서 앉고, 내가 밖에서 타꼬야끼 굽는 걸 가르치는 꼴이 되었다. 영 모양새가 나질 않는다. 좁아도 옆이나 뒤에서 가르칠 걸 그랬다. 흠흠.

"이게 아니야!"

"뭐가 아니란 거예요. 괜히 트집 잡으시긴."

"직접 먹어보렴. 좋은 가르침은 자신이 만든 걸 직접 먹어보게 함으로써 자괴감을 자연스럽게 느끼도록 만들지. 아, 내가 왜 그랬을까. 나란 놈은 멍청이야, 재능이 없어. 이 길은 내 길이 아니야. 어떤 때는 그럼, 역시 이 길이야말로 내 길이지. 아주 가끔 나는 타고났어 하면서 좋아하기도 하고. 물론 후자보다 전자가 압도적으로 많지만, 내면으로 느끼게 하는 교육 방법이지."

현지는 잠자코 나무꼬치로 타꼬야끼 한알을 찍었다. 타꼬야끼를 입에 넣고 씹던 현지의 얼굴이 일그러졌다. 나는 의기양양하게 현지를 바라보았다.

"어때? 깨달음이 팍팍 오지?"

"하아, 흐어, 어어, 아아."

"좌 둘 우 삼은 기름이 적고, 좌 둘 우 둘에 기름이 너무 많았어.

기름을 찍을 때마다 손목의 힘이 달라서 그런 거야. 부족한 곳에 기름을 덧칠하는 건 오히려 더 어려워. 부족한 만큼만 기름을 덧대는 건 섬세한 기술이 필요하거든. 게다가 아까 넌……"

"뜨, 뜨거워요!"

"……맛은?"

"괜찮은데요?"

"뜨거운데 맛이 느껴지니?"

현지가 고개를 끄덕였다.

"입맛이 싸구려구나. 내 타꼬야끼가 제일 맛있다고 제자로 받아 달라더니. 의심스러운데."

"사부가 만든 것보다 못하지만 이만하면 괜찮은 것 같은데. 한번 드셔보세요."

"안 먹어봐도 알아. 스스로도 못 믿는 말 그만하고 어서 구운 거나 다 먹어. 삼시 세끼 타꼬야끼만 반년쯤 먹으면 깨달음이 오겠지."

"정말요?"

"응, 제대로 굽지 않는 게 얼마나 무서운지 깨닫게 되지."

"사부님도 스승님께 그렇게 배우셨어요?"

"그럴 리가. 우리 스승님이 얼마나 좋은 분인데. 그리고 난 타고난 재능이 있잖아. 어릴 때부터 조기교육도 받았고. 한번 더 해볼래?"

"그럼 이거 다 안 먹어도 돼요?"

"아니."

"휴, 사부, 사부도 부모 잘 만나고 스승 잘 만나서 그런 거예요. 너무 구박하지 마세요."

"이게 무슨 구박이야. 제대로 구박받아본 적이 없구나. 나보고 부모 잘 만났다고 말하는 사람은 스승님 빼고 니가 처음이다. 한국인은 처음이네."

"타고나는 게 따로 있나요."

한숨과 달리 현지는 다시 반죽 주전자를 들어올렸다. 그래, 이 정도 근성은 있어야 내 제자라 할 만하지. 내가 가슴 보는 눈은, 아니 사람 보는 눈이 엉망은 아닌 것 같다.

"혼자 구워봐. 잠깐 박씨 아저씨한테 갔다 올게."

박씨 아저씨는 의자에 앉아 졸고 있다가 내가 포장에 들어가자마자 어어, 하면서 눈을 떴다.

"어, 동생 왔는가?"

박씨 아저씨의 트럭에는 상당히 편해 보이는 검은색 사장님 의자가 있다. 나도 저거 하나 갖고 싶은데 타꼬야끼 굽기는 불편하겠지. 도마를 높게 둘 수 있는 순대와 달리 타꼬야끼는 바로 앞에서 오밀조밀 구워야 한다. 박씨 아저씨는 사장님 의자에 앉아서 자주 졸았다.

"형님, 많이 피곤해 보이시네요."

"어, 동생. 하음, 어제 늦게까지 장사를 했더니 아직도 영 졸리네. 그래, 좀 괜찮아?"

"이 시간이야 그냥 그렇잖아요. 현지 연습시키고 있다가 나와봤어요. 현지가 있으니 자리 비우기 편하네요. 화장실 다녀오기도 좋고."

"걔도 제법이네. 하루이틀 하고 그만둘 줄 알았는데. 한 일주일 지났지 아마?"

"네, 저도 장난 반 농담 반이었는데. 형님, 그런데 도나쓰 형님 좀 괜찮으세요? 요 며칠 안색이 안 좋아 보이던데 어디 불편하신 건 아니죠?"

"도나쓰가 왜?"

"얼굴빛이 좀 어두운 것 같아서요. 저 오뎅 하나 먹을게요."

"어, 그럼. 도나쓰야 원래 그렇잖아. 도나쓰가 밝은 것 봤어? 궁금하면 직접 물어보지그래?"

"그래도 좀. 도나쓰 형님은 물어봐도 말씀이 잘 없으시잖아요."

박씨 아저씨는 오뎅을 새 품목으로 추가했다. 예전에 떡볶이도 잠시 팔았는데 떡볶이는 아무리 긍정적인 마음을 먹고 입에 넣어도 맛이 영 그랬다. 박씨 아저씨도 민망해서인지 돈 받고 팔기보다 순대를 많이 사고 배고파 보이는 학생들에게 써비스로 줄 때가 더 많았다. 그저 매운 맛만 나거나 붇거나 고추장 맛도 안 나는 경우가 대부분이었다. 오뎅도 그저 그랬지만 날씨가 추워서인지 곧잘 팔렸다. 대체 순대의 비밀이 뭐지? 공장이 좋은 곳인가?

"도나쓰야 사연이 있잖아. 난 그래도 동생 덕분에 매상도 더 오르고 해서 기분 좋아. 그래서 그런지 어제도 늦게까지 장사도 되고. 동생도 어제 늦게까지 남아 있었으면 재미 좀 봤을 텐데."

"에이 그게 무슨 저 때문인가요. 형님 순대가 맛있으니까 그렇지. 저는 어제 그냥 그랬어요. 근데 무슨 사연이요?"

"도나쓰는 그냥 냅둬. 너무 알려고 하면 다치니까."

현지 말대로 진짜 간첩은 아니겠지. 박씨 아저씨 입에서 다친다는 말이 나오니까 나도 모르게 오른쪽 어깨가 움찔거렸다.

"제, 제가 다쳐요?"

"타꼬가 다치긴 왜 다쳐. 동생 말고 도나쓰가 다친다고. 도나쓰 마음 여린 거 알잖아. 저마다의 사정을 힘들게 알아내봐야 헛된 호기심만 채울 뿐이야. 차라리 비워두고 상상만 해야 서로 다치지 않는다구."

돌아오는데 현지가 뭔가를 급히 검은 비닐봉지에 붓는 게 보였다. 한번 눈감아줄까 말까.

*

오오사까 유학 시절 동안 타꼬야끼를 굽는 걸 빼면 할 일이 없었다. 스승님 외에 아는 사람이라고는 한명도 없었고 가보고 싶은 곳도 딱히 없었다. 어떤 사람은 트럭 하나에 몸을 맡기고 세상을 떠도는 삶이라며 풀빵의 세계를 부러워하기도 한다. 그러나 진짜 방랑벽이 있는 사람은 풀빵이 아니라 다른 업종을 택해야 한다. 풀빵의 재료는 생각보다 많고 무겁다. 어디 엿이라면 몰라도 풀빵 파는 떠돌이를 본 적 있는가. 사람들의 생각과 달리 풀빵은 고정적인 속성을 가졌다.

스승님은 틈만 나면 나를 가게 밖으로 몰아냈다. 가게 안에서 무작정 타꼬야끼만 굽는 건 실력에도 도움이 되지 않고 즐거운 일도 아니라고 했다. 오오사까의 하루는 대체로 조용한 편이다. 활기는 넘치지만 시끄럽지 않다. 어떤 날은 하루종일 산책만 하기도 했다. 여전히 뭔가 풀리지 않아 괴로워하다가 에이 이 정도면 충분히 잘하고 있는걸, 하며 혼자 팔짱을 끼기도 했다.

"신상, 모레부터 삼일 동안은 가게 문을 열지 않습니다."

"네?"

"스승님이 많이 편찮으시다고 합니다. 스승님께 다녀와야겠습니다."

스승님의 스승님. 스승님의 스승님이면 명인 중의 명인. 스승님의 스승님에게 가면 스승님이 줄 수 없는 뭔가를 배울 수 있을지도 몰라. 혹시 나를 데리고 갈까 해서 은근히 눈치를 보냈지만 스승님은 평상시처럼 웃지도 않고 어두운 얼굴이었다. 계속 스승님에게 메시지를 보내기 위해 얼쩡거렸는데, 스승님은 나를 신경도 쓰지 않았다. 스승님이 타꼬야끼와 무관하게 허공에서 두번 헛손질하는 것도 보았다. 직감적으로 보지도 못한 사람의 생, 스승님의 스승님의 삶이 끝나간다는 생각이 들었다.

다음 날 장사가 끝날 무렵 스승님이 손수 차를 내왔다.

"신상, 신상이 이곳에 온 지 얼마나 되었지요?"

"곧 일년이 다 되어갑니다."

"수만알의 타꼬야끼를 굴렸군요."

"네, 스승님."

"수만알의 타꼬야끼 중 가장 기억에 남는 타꼬야끼가 궁금합니다."

기억에 남는 타꼬야끼.

"어, 제일 처음 구웠던 것 말씀이십니까?"

"신상이 굴린 타꼬야끼 중에서, 영원히 잊을 수 없는, 그런 타꼬야끼가 무엇인지 궁금합니다. 그리고 제일 처음 구웠던 건 타꼬야끼라고 부르긴 어려운 형태였습니다."

"솔직히 생각해본 적이 없습니다. 처음 굴린 타꼬야끼가 모양을 잡아갈 때의 희열은 답이 될까요?"

첫번째에 억지 의미를 부여하는 것 말고는 생각나는 게 없었다. 스승님의 얼굴에 쓸쓸한 미소가 떠올랐다. 이때까지 본 적 없는 표정이었다.

"신상은 실력이 있습니다. 신상의 손놀림만 봐도 과거에 대해 물어볼 필요가 없을 정도입니다. 신상의 손은 분명 이런 종류의 일을 오랫동안 해온 손입니다. 그동안 신상을 가르치면서 천재가 어떤 것인지 볼 수 있었습니다. 타고났으면서 동시에 열심히하는 사람. 그런 사람이 천재겠지요. 타고나는 사람도 많고 열심히하는 사람도 많지만 그 교집합은 드물다 못해 귀하지요…… 나는 독립하기 전까지 단 한번도 스승님에게 인정받아본 적이 없습니다. 나 스스로도 내가 뛰어나다고 생각해보지도 않았습니다. 그래서 신상을 가르치면서 즐거웠습니다.”

“과찬이십니다, 스승님. 스승님이야말로 진정한 타꼬야끼의 명인이십니다.”

“진정한 명인이란 존재하지 않아요. 신상은 분명 나보다 좋은 타꼬야끼를 구울 수 있을 겁니다. 신상처럼 재능 있는 사람이 타꼬야끼의 명맥을 잇고, 한국에도 타꼬야끼가 전승되어 기쁩니다. 한국도 비슷하겠지요. 일본에서도 타꼬야끼를 굽는 사람에 대한 인식이 좋은 건 아닙니다. 잠시 잠깐 일을 하는 사람들은 있지만, 진심으로 타꼬야끼를 사랑하는 사람은 드뭅니다. 다행히 신상이 왔지요. 이렇게 타꼬야끼를 사랑하는 사람이 있으니 언젠가 타꼬야끼가 초밥처럼 하나의 문화가 될 날도 있겠지요. 일류 레스토랑이나 호텔에서 타꼬야끼를 조심스럽게 낼 날을 상상하기도 합니다. 아마 내 스승님도 신상을 보면 기뻐하시리라 생각됩니다.”

아버지, 이것 좀 보세요. 아들이 먼 타국에서 얼마나 인정받고 있는지. 다섯살짜리 애한테 마른 수건으로 붕어빵틀 닦는 법을 가르쳤던 아버지보다 이 얼마나 인격적으로 훌륭한 선생님입니까. 아버지는 칭찬을 하느니 돈을 주는 쪽이었다.

“내일 새벽 기차를 타야 합니다. 신상이 무척 가고 싶어한다는 것, 알고 있습니다. 사정이 있어서 함께 가지 못하니 이해해주기 바랍니다. 대신 신상에게 선물을 하나 하고 싶습니다.”

“아닙니다, 스승님. 먼 곳까지 가시고 스승님의 스승님께서 편찮으신데, 선물 같은 건 신경 쓰지 않으셔도 됩니다.”

"신상, 오해가 있는 것 같습니다. 이 선물은 물질적인, 그러니까 홋까이도오의 특산품이 아닙니다. 신상이 원한다면 하나 사다줄 수도 있지만…… 하나 사오긴 해야겠군요."

한번만 더 생각할걸. 보지 않아도 내 얼굴이 붉어진 걸 느낄 수 있었다.

"삼일 동안 가게를 신상에게 맡기겠습니다. 스승님의 소식을 들었을 때부터 가장 걱정된 게 이 선물이었습니다. 신상에게 가게를 맡겨볼까, 아직은 무리일까…… 신상은 타꼬야끼를 깔끔하게 잘 만들지만 결정적인 하나가 부족합니다. 이번 기회에 신상이 스스로 그 하나를 찾을 수 있을 것 같기도 하고, 괜히 무리한 과제를 내주는 것 같기도 해서 걱정이 됩니다. 신상의 본능은 정답을 알고 있습니다. 그걸 끌어내보세요. 신상에게 잘할 수 있을 거라고 말하려니 이것도 부담을 주는 것 같습니다만. 오랜 단골만 아니라면 신상의 타꼬야끼에 불평을 할 손님은 없으리라 자신합니다. 삼일 동안 가게를 부탁합니다, 신상."

스승님은 그날 밤 퇴근하면서 여러가지를 다시 한번 알려주고 가셨다. 문어가 오는 날짜와 중력분의 대금 처리 방법과, 카쯔오부시는 충분히 있지만 만약 부족하면 어디에 주문해야 하는지를. 사실 미리 준비하신 건지 대부분의 재료는 가게 안에 충분할 만큼 있었다. 가게 열쇠는 원래 나한테도 있었고 스승님이 맡기고 간 건 일종의 숙제였다.

*

"그래서요?"

"그래서는 무슨 그래서. 삼일 동안 가게만 잘 봤지."

"어? 그게 끝이에요?"

"그럼?"

"삼일 동안 가게를 보며 그동안 알지 못했던 비결을 깨쳤다거나, 단골인 노신사가 찾아와 우연히 타꼬야끼를 먹으며 했던 말에서 비결을 찾았다거나 그런 건요? 이틀 동안은 깨닫지 못했으나 마지막 삼일 밤에 비로소 스승님의 뜻을 깨닫고, 그 순간 스승님이 여행에서 돌아온다거나."

"너, 소설 쓰냐?"

"진짜 끝이에요? 아무 일도 없이? 하다못해 밤에 아리따운 여자 손님이 찾아오는 일도 없이?"

"아무 일이 왜 없어. 타꼬야끼를 굽고 손님들을 맞고, 가게 청소도 하고 문어가 싱싱한지 확인도 하고. 문어도 삶고 잘게 썰기도 하고. 문어 삶는 게 어렵고 힘들어. 크기도 크기지만 머리와 다리 부분 익는 시간이 다르거든. 다리에 맞춰 삶으면 머리가 덜 익고, 머리에 맞춰 삶으면 다리가 너무 익어서 질기고 맛이 없어. 스승님 가게는 문어 머리도 넣었거든. 이걸 혼자 다 하니까 엄청 바쁘더라. 정신없이 보낸 삼일이었어. 긴장한 것도 있고."

"그런 걸 묻는 게 아니잖아요. 더 멋진 뭔가가 있어야 될 것 같은데."

"타꼬야끼 가게를 하면서 타꼬야끼를 굽는 것보다 더 중요한 일은 없어. 다행히 스승님의 스승님은 괜찮으셨다고 하더라. 그건 그렇고, 마요네즈 쏘스를 너무 많이 뿌렸다. 간장 쏘스하고 밸런스가 맞질 않잖아. 마요네즈 쏘스는 부드러운 맛을 더해주지만 자칫하면 느끼해진다니까. 간장 쏘스도 달달하면서 느끼한 부분이 있기 때문에 조심하랬지. 그 조금이 맛을 결정하는 거야."

"히잉, 카쯔오부시 얹는 거랑 쏘스 뿌리는 건 쉬운 줄 알았는데. 슉슉, 듬뿍 뿌린 쏘스를 여자들은 좋아한단 말예요."

"쏘스는 화장 같은 거야. 맨얼굴의 밋밋함을 보완해주지만 너무 진한 화장은 누구인지 엄마도 알아보지 못하는 법. 오전 수업은 이걸로 끝. 즐거운 점심시간이다."

현지에게 타꼬야끼를 가르치면서 장사를 하는 건 쉽지 않았다. 당연한 말이지만, 현지의 실력은 금방금방 늘지 않았다. 바쁜 시간에는 장사를 하고, 하루 두번, 한가한 시간에 현지가 와서 배우는 식으로 바꿨다. 현지는 학교 도서관에서 공부하다가 장사가 한가한 시간에 왔다.

"너 이렇게 배워서 언제 늘래? 하루에 두시간이니까, 다른 사람들 일년 배울 거 사년은 걸려야 배우겠네."

"대신 다른 사람들은 이렇게 오래 안 배우잖아요. 사부 밑에서 이렇게 반년만 배워도 며칠 연습해서 장사하는 사람들보다는 잘 만든다면서요?"

"그건 너 듣기 좋으라고 한 소리고. 꼭 그렇지도 않을걸. 그 사람들은 그만큼 실전 경험을 쌓으니까. 어떻게 보면 넌 이론만 배우는 셈이라고. 그냥 임용시험에만 열중하는 게 어때?"

"아직 아홉달도 넘게 남았어요. 시험공부 한 지가 사년째구요. 몰라요, 몰라. 안 그래도 며칠 전에 이차 합격자 발표 나서 마음이 뒤숭숭한데."

"넌 일차에서 떨어졌잖아?"

"그래서 더 심란하죠. 이차까지 간 친구들 보면 부럽기도 하고 억울하기도 하고…… 이 공부를 일년 더 할 자신도 없고 안하자니 할 줄 아는 것도 없고. 사부, 일차에서 떨어지고 남들은 이차, 삼차 공부할 때 다시 일차 공부하는 마음을 알아요?"

"몰라."

"그래서 타꼬야끼라도 배워두려구요."

"어라?"

"농담이에요."

"시험 붙으면 타꼬야끼 그만둘 거야?"

현지는 대답하지 않았다. 나도 반쯤은 장난이었고 현지가 무슨 생각을 하는지 짐작하고 있었다. 현지가 그만두면 나는…… 현지가 타꼬야끼를 가볍게 생각해도 괜찮았다. 내가 좋아하는 만큼 남들이 타꼬야끼에 특별한 가치를 부여할 필요는 없다. 남들이 부여해주는 의미를 거절할 생각도, 강요할 생각도 들지 않는다. 그저 맛있게 먹어주면 된다. 나는 아버지와 다르다.

현지를 만나면서부터 박씨 아저씨나 윤씨 아저씨와 같이 밥을 먹는 일이 줄었다. 현지는 스터디니 뭐니 공부시간 때문에 우리와 같이 밥을 먹을 수 없었고, 어느덧 현지와 둘이서 밥을 먹게 되었다. 박씨 아저씨는 우리를 보면 낄낄 웃었다.

"학교에 아는 사람이 별로 없어요. 동기들은 시험에 붙거나 포기했거든요. 포기한 애들이 더 많은 건 슬프면서도 위로가 되죠."

"후배들은?"

"후배들도 잘 모르겠어요. 보고 싶지도 않구요. 제가 공부 한창 할 때 대학교 일학년이던 애들이 벌써 졸업반이고…… 저번에 도서관에서 공부하는데 앞자리 앉은 애 책에 적힌 학번을 보니 다섯 학번이나 더 어린 후배인 거예요. 나도 모르게 내 책을 슬며시 가렸어요. 걔가 날 보면 무슨 생각이 들까? 난 옛날에 다섯 학번 위 선배가 숨쉬는 화석처럼 보였었는데 수천년 후에 발굴되면 가치나 있지. 사부, 저 불쌍하죠."

"응."

"근데 사부, 저 정말 도피처가 필요해서 사부한테 이거 배우는 건 아니에요. 도피처라면 다른 곳도 있다구요. 말 그대로 도피처일 뿐이지만."

"역시."

"네?"

"내가 좋아서 그랬구나. 진작 말을 하지."

"자, 코에 묻은 고추장이나 닦으세요."

현지가 뽑아 내민 휴지로 급히 코를 닦았다. 젠장, 뭘 먹다가 묻었지?

"안 믿으셔도 좋아요. 꼭 취직 못해서 그런 것두 아니구요. 저, 이래봬도 예전에 학원 강사 할 때 인기도 좀 있었어요. 지금도 학원계에 나가면 인기 있을걸요? 지성과 미모를 겸비한 스타 강사. 학원가에서 연봉 일억은 꼭 스타 강사 아니라도 많이 받아요."

"지성은 확인할 방법이 없고, 미모는 아니잖아."

"쩨쩨하긴. 인정할 건 인정해요. 이만하면 상위권이죠. 특히 전 몸매가 좀 되잖아요."

역시 알고 있었군. 사람들은 자신의 단점은 모르면서 장점은 잘 안단 말이야.

"그럼 학원을 나가지 뭐하러? 일년에 딱 한번 치고, 붙을지도 떨어질지도 모르는 시험인데."

"에이, 공교육을 하겠다고 하면서 사교육으로 돈 버는 것도 좀 그렇잖아요. 나중에 학교 나가서 뭐라고 해요. 사교육이 악의 근원은 아니지만 괜히 학생들한테 미안해서요. 공교육을 하기 전 일년 동안이라도 사교육과 거리를 두고 싶어요. 가르치는 방식이나 마음가짐도 다른 것 같고, 너무 돈맛 다시다보면 그저 지식 전달만 되더라구요. 모은 돈 떨어지면 또 마음이 어떻게 될지 모르니 빨리 사부한테 배워서 유럽으로 떠야죠."

"유럽? 갑자기 무슨 유럽 타령이야."

"어, 말 안했어요? 제 꿈인데. 타꼬야끼 트럭을 몰고 이 나라 저

나라 다니는 거예요. 마음에 드는 마을이 있으면 한두달씩 머무르면서 타꼬야끼를 굽기도 하고. 몇년 만에 다시 돌아온 마을도 있겠죠. 그때 타꼬야끼를 좋아하던 꼬맹이가 늠름한 청년이 되어서……"

"그럼 넌 아줌마가 되어 있겠네."

"사부, 그러니까 애인이 없지. 늙지 않는다는 소문이 따라다니는 미녀일걸요."

"트럭 몰고 다니면서 하기 좋은 일은 아닌데. 그리고 유럽에서도 문어를 먹긴 먹어? 예전에 듣기로 그쪽은 오징어나 문어 이런 거 안 좋아한다고 하던데. 오히려 혐오식품을 판다고 국경을 넘다가 체포될지도 몰라."

"그런가요? 역시 붕어빵으로 할 걸 그랬나? 이딸리아인가 보니까 먹긴 먹는 것 같던데?"

"어? 붕어빵으로 할 생각이었던 거야?"

"네."

"근데 왜?"

"근처에 이상하게 붕어빵 파는 곳이 없잖아요."

아버지, 아버지가 봤으면 즐거울 장면이네요. 아니지. 아버지, 붕어빵의 시대가 갔다는 걸 아시겠어요? 이제 붕어빵은 밀려나고 있답니다. 붕어빵은 재개발 대상이고 타꼬야끼가 그 자리를 대체하겠지요. 근데 이러니까 타꼬야끼가 나쁜 쪽 같잖아. 찝찝한 감정을 개운하게 바꿀 겸, 아버지의 인정도 받아낼 겸, 언제 아버지와 풀빵

대결이라도 한판 붙어야겠다.

"내일 약속 있어?"

"왜요, 데이트 신청이라도 하려구요?"

"응."

"됐어요, 사부랑 무슨 데이트를 해요."

"그럼 데이트가 아니라 현장수업으로 하자."

"에이, 데이트잖아요."

"사부 못 믿어? 손만 잡고 다닐게. 살아 있는 타꼬야끼 교육을 시켜주지."

"그럼 이때까지는 죽은 교육이었어요? 어쩐지 이상한 말만 하더라. 사부 말 가만히 듣다보면 사기꾼 앞에 있는 것 같아요."

"나올 거야, 말 거야?"

"싫어요. 내가 사부랑 데이트를 왜 해요. 밀린 잠이나 잘래요."

*

"신상, 파이의 소수점 아래 수를 세어봤습니까?"

"파이라면 원주율, 그러니까 삼 점 일사 말씀이십니까?"

"네, 신상은 소수점 몇째 자리까지 세어봤습니까?"

스승님은 타꼬야끼 틀 위에 반죽을 'π' 모양으로 부었다. 내가 깜짝 놀라자 스승님은 그 위에 다시 반죽을 부었다. 삼, 일, 사를 그리는 듯한 모양으로, 그다음 숫자는 아마도 일이었던 것 같고, 그다음 숫자는 이미 반죽이 넘쳐 알 수 없었다. 특별하게 반죽을 붓는 비법인가? 가운데를 가르고 다시 아래에 두번 선을 긋고, 숫자 삼은 부드러운 느낌이 있으니 뭔가 관련이 있는 게 아닐까. 반죽을 붓는 방법에서도 미묘한 맛의 차이가 있겠지.

"삼 점 일사…… 그리고 어, 그다음이 일이었던 것 같긴 한데 잘 모르겠습니다. 보통 소수점 둘째 자리까지만 인정하고 나머지는 반올림하거나 버렸거든요."

"일본도 비슷합니다. 아마 다른 나라도 크게 다를 것 같지 않습니다. 스무살 때, 파이의 소수점 아래 수를 세어본 적이 있습니다. 스무 자리 즈음해서 무언가 분명해진 것도 같았지만 스물한 자리째 수를 이미 지나간 수들로 예측하는 건 불가능했습니다. 한참 계산하다보니 시간 낭비만 했다는 생각이 들더군요."

"그야 원주율은 규칙적이지 않고 무한대니까요. 원주율의 규칙은 아직도 발견되지 않았다고 배웠습니다."

"나는 수학에 대해서 잘 모릅니다. 학교에 다닐 때도 늘 하위권이었지요. 수학보다 타꼬야끼에 관심이 많았습니다. 잘 모르지만, 수학자들은 원주율의 규칙을 발견하기 위해서 부단히 노력했을 것 같습니다. 불가능할지라도."

"그렇겠지요. 마치 마법 같은 숫자로 배웠던 기억이 납니다."

"원주율은 주기적인 현상을 다룰 때 반드시 필요합니다. 우주왕복선 챌린저호의 공중폭발도 원주율 계산을 잘못했기 때문이라고 들었습니다. 신상, 나는 스무살 때 타꼬야끼와 파이가 비슷하다고 생각했습니다."

"네, 둘 다 넓은 의미에서 빵이라고 볼 수 있으니까요, 하하."

스승님은 내 썰렁한 유머에 웃지 않았다. 웃기지 않았던 것일까, 이해를 못했던 것일까.

"타꼬야끼의 법칙을 발견하기 위해 부단히 애쓰는 사람이 있습니다. 오오사까 밖, 일본 곳곳에 있는 많은 타꼬야끼 장인들 중 상당수가 그러합니다. 그들은 기름을 바르는 힘, 반죽을 붓는 시간, 굴리는 횟수, 굽는 시간, 카쯔오부시의 양까지 철저히 연구합니다. 그들이 만든 타꼬야끼는 언제 먹어도 같은 맛을 냅니다. 나는 신상이 그들을 닮더라도, 닮지 않기를 바랍니다."

"무슨 말씀인지 잘 모르겠습니다."

"타꼬야끼의 미래는 알 수 없습니다."

"네?"

"흔히 과거를 보면 미래가 보인다고 하지만, 타꼬야끼의 과거로도 타꼬야끼의 미래는 알 수 없습니다. 한 사람의 과거를 기준으로 미래를 재단하는 건 위험합니다. 누군가 신상의 붕어빵 경력을 이유로 타꼬야끼와 절대 맞지 않을 거라고 주장할 수도 있겠지요. 신상이 한국인이라는 것도 제자로 받지 않을 이유가 될 수도 있구요. 타꼬야끼의 미래는 그 자체로 봐야 합니다. 과거를 이해하는 것은 중요한 일이지만 과거로 미래를 결정지으려 드는 건 폭력적입니다. 타꼬야끼의 앞날은 상상 이상으로 창창할 수 있습니다. 타꼬야끼의 과거에서 타꼬야끼의 미래를 읽어낼 수 있을지도 모르지만 과거 때문에 미래를 제약하면 안됩니다. 파이의 계산도 이미 계산한 숫자에만 매달릴 것은 아닙니다. 배웠다고 생각한 게 습관에 불과할지도 모르지요. 하지만 무한대를 바라봐야 하지요."*

무슨 소리인지 이해할 수 없었다. 아무리 생각해도 파이와 타꼬야끼의 공통점은 밀가루 같은데.

"미안합니다. 사실 더 멋지게 말하고 싶었는데 잘되지 않았습니다. 스물한살 때, 스승님은 나에게 독립할 것을 권하셨습니다. 가게를 물려주시고 홋까이도오로 떠나셨지요. 스승님이 떠나고 혼자 가게를 여는 날 아침, 비가 오는데 가게 거리에 아무도 없었습니다. 마치 혼자 거리로 던져진 기분이었지요. 그래서 신상에게 더 미안합니다."

기분이 이상했다. 스승님이 무슨 말씀을 하려는지 알 수 있었다.

"신상, 신상은 이제 그만 떠나야 하겠습니다."

"스, 스승님, 전 아직 배울 게 많습니다."

"신상이 다 배웠다는 말이 아닙니다."

참, 스승님은 타꼬야끼만 잘 굽는 게 아니라 침착하게 사람을 민망하게 만드는 재주가 있었지.

"네, 지당하신 말씀입니다."

"신상이 나와 함께 있으면서 배울 것도 있고 신상 혼자 배울 것

* 소수점에 대한 이야기는 진실이 말소된 페이지의 「아는 것, 모르는 것, 안다고 생각했던 것」에서 빌려왔다.

도 있습니다. 공부를 다 마쳐서 학교에서 졸업장을 주는 게 아닙니다. 다른 곳에서 배우는 게 필요할 때가 되었기 때문에 사회로 보내는 거지요. 신상은 이제 길에서 타꼬야끼의 세계를 깨쳐갈 겁니다. 이 붕대……"

스승님은 홋까이도오에서 돌아올 때부터 왼쪽 손목에 압박붕대를 감고 있었다. 어디 다친 게 아니냐고 물어도 웃기만 하셨다. 처음에는 신경이 쓰였지만 시간이 지나자 스승님이 감고 있는 붕대가 눈에 보이지 않았다. 스승님은 그저 붕대를 감고 있을 뿐이었다.

맞다. 스승님이 붕대를 감은 지도 몇달이 지났다.

"붕대에 대해 대답하지 않았던 건 나 역시 확신이 없기 때문입니다. 아까 신상을 불렀을 때 붕대가 훈장처럼 보이지 않을까 하는 생각이 들긴 했지만. 사실 왼쪽 손목이 좋지 않습니다. 직업병이지요. 오른손잡이들은 왼쪽 손목에, 왼손잡이들은 반대로 오른쪽 손목에 무리가 옵니다. 타꼬야끼를 굴릴 때 오른쪽 왼쪽 모두 같은 힘을 사용하지 않으면 잘 안 쓰는 손에 이상하게 더 무리가 가더군요. 스승님은 오른쪽 손목을 잃으셨고 나도 이제 신호가 오는군요."

"운동이나 물리치료를 하면…… 침이라도……"

나는 스승님을 단지 나에게 완벽한 타꼬야끼를 전수하는 사람이라고 생각했던 걸까. 타꼬야끼에 대한 열정 때문이라고 변명할 수 있을까. 나도 모르게 내 손목을 내려다봤다. 군데군데 타꼬야끼 반죽이 묻어 있는, 지금은 튼튼한 내 손목도…… 타꼬야끼에 손목을 바친, 얼굴도 보지 못한 스승님의 스승님이 새삼 위대해 보였다.

"스승님이 그러셨듯이 나도 후회 없습니다. 아직 손목을 못 쓸 정도도 아니고 그저 잠시 쉬려고 합니다. 더 길게 뛰고 싶다면 신호가 왔을 때 어깨를 펼 줄도 알아야지요. 스승님께 가서 요양도 하고 미처 깨닫지 못한 부분도 더 배울 생각입니다. 스승님께서 시범을 보여주실 순 없지만…… 더 오랫동안 신상과 함께하지 못해 미안합니다. 신상이 원한다면 다른 가게에 소개해줄 수도 있지만 귀국해서 자신의 가게를 여는 게 도움이 될 것 같습니다."

일본에 올 때처럼 귀국할 때도 별다른 짐은 없었다. 옷가지와 시시껄렁한 기념품을 챙기고 나자 캐리어가 다 찼다. 일년 팔개월의 오오사까 생활이 믿어지지 않았다. 보름 정도 여행을 다녀온 사람의 짐처럼 보였다. 어쩌면 여행인지도 모르겠다. 다만 기간이 좀 많이 긴.

스승님이 칸사이 공항까지 배웅을 나왔다. 스승님은 홋까이도오 주소를 적어주면서 가게 정리가 끝난 열흘 후쯤에는 이쪽으로 연락하면 될 거라고 하셨다. 마지막까지 가게 정리를 돕고 싶다고 했지만 스승님은 혼자서 정리해야 할 부분이 있다며 어서 귀국하라고 하셨다.

나는 스승님이 선물로 준, 내 이름이 한자로 새겨져 있는 타꼬야끼 틀 두 쌍을 들고 귀국했다.

진짜?

날씨가 춥다. 그래서 오늘 같은 날이 제격이다. 가장 추운 날에만 실감할 수 있는 게 있다. 똑같은 조건이라도 날씨 덕을 톡톡히 볼 수 있으니. 박씨 아저씨의 호구지책을 마련해준 제갈공명이 동남풍을 불게 한 것도 결국은 날씨 덕 아닌가. 역시 『삼국지』를 읽은 건 정말 훌륭한 선택이었다.

싫다고 하면서도 현지는 약속 장소에 먼저 나와 있었다. 윙크하는 토끼가 그려진 후드티에 짧은 보라색 치마. 오늘따라 다리에 눈이 갔다. 귀여운 얼굴에 가슴만 있는 줄 알았는데 이렇게 보니 현지 말이 옳았다. 현지 몸매는 어디 내놔도 꿀릴 것 같지 않다.

"나왔네?"

"심심해서요. 뭐예요, 만나자는 사람이 늦게 나오고. 이렇게 추운데."

"꼬우면 니가 사부 하든가."

"됐어요. 어서 가요."

"어디 가는지 알아?"

"사부 머리에서 나온 게 영화관 아니면 놀이공원이겠죠. 잘해봐야 연극 정도 나오려나? 보나마나 열심히 인터넷 뒤져서 같이 보기 좋은 영화, 맛있는 음식점, 재미있는 유머 이런 거 준비했을 거 아네요? 근데 어디 은행이라도 털러 가요? 빵모자에 마스크에. 추워도 그렇지 촌스럽게."

"이래서 착각에 세금을 매겨야 해. 사치세까지는 아니라도 부가가치세라도 물리면 함부로 저런 생각은 안할 텐데. 따라오기나 해. 여기서부터 시작이니까."

한시간 후, 세번째. 현지의 헝클어진 머리에 땀이 묻어 있었다. 세번째를 마치고 나자 현지가 항복을 선언했다. 얼마든지 더 할 수 있는데.

"사부, 더이상은 못하겠어요. 제발 좀 쉬어요."

"아까는 기세등등하더니, 겨우 이 정도야?"

"이럴 줄은 몰랐죠…… 너무해요, 사부. 이건 거의 고문이라구요."

"처음에는 다 그러면서 배우는 거야."

시작할 때 현지는 그까짓 거, 웃으며 순식간에 타꼬야끼 여섯알을 해치웠다. 나도 같이 여섯알을 먹었다. 첫번째 타꼬야끼를 파는 아줌마는 남녀가 와서 각자 타꼬야끼 여섯알씩을 주문하고 심각하게 먹자 이상하게 바라보았다.

"반죽이 조금 진하지만 나쁘지 않고, 겉을 조금 더 바삭하게 구웠으면 좋았을 것 같네요. 겉이 너무 약해 진한 반죽 맛이 갑자기 느껴져요. 기술적인 면에서는 오십점. 하지만 문어 크기에서 완전 실망이에요. 가격도 우리보다 비싸면서. 아, 문어가 작은 걸 숨기려고 반죽을 진하게 한 걸까요? 종합 점수는 칠십오점. 아무리 그래도 타꼬야끼의 핵심은 문어죠."

십분간 휴식 후 두번째 가게로 이동했을 때도 기세가 좋았다. 두번째 가게는 트럭이 아니라 리어카 형태였다. 기다리는 사람들이 많아서 구경을 오래 할 수 있었다.

"기술이 좋네요. 손놀림이 사부보다 더 빠른 것 같던데요?"

"손님이 많잖아."

이번에는 아까보다 더 천천히 타꼬야끼를 먹었다. 네알을 넘어서자 현지는 먹는다기보다 입에 밀어넣었다.

"후우, 솔직히 왜 유명한지 잘 모르겠어요. 어디서나 먹을 수 있는 평범한 타꼬야끼 같은데. 그냥 자리가 좋아서 잘되는 집 같아요."

"어서 나머지 두알도 다 먹어. 다 먹고 나면 뭔가 떠오르는 게 있을 거야. 손이 빠르다고 좋은 건 아니지?"

"조금만 있다 먹을게요. 이럴 줄 알았으면 아침 안 먹고 나올걸.

사부는 빼빼 마르고 평소에 많이 먹지도 않으면서, 신기하네요."

"겨우 열알 먹고 뻗어서야 제대로 연구가 되겠어? 타꼬야끼에 대한 열정이 부족하군."

세번째 가게에서 현지는 사정사정해서 네알짜리 타꼬야끼를 주문하려고 했으나, 그곳은 여섯알이 최소 단위였다. 그것도 다 계산된 것. 세번째 가게를 나오자 현지는 여전히 진지하게 타꼬야끼를 먹는 나를 존경의 눈빛으로 바라봤다. 당연하지, 난 어제 점심부터 굶었거든.

"이래서야 오늘 공부를 다 마치겠어? 앞으로 열군데 더 가봐야 하는데."

"사부, 콜라 하나만 먹으면 안돼요? 느끼해 죽겠어요."

"쏘스 범벅된 게 여자들이 좋아하는 맛이라며?"

귀국한 후 가끔씩 다른 가게의 타꼬야끼를 계속 먹고 있지만 스승님이 말씀하신 '무엇'을 찾지 못했다. 오오사까에서도 쉬는 날이면 이곳저곳 돌아다니며 타꼬야끼를 먹어봤지만 스승님이 만든 게 가장 맛있었다. 내 딴에는 스승님의 타꼬야끼 맛과 거의 흡사하게 만드는 것 같은데 스승님은 아니라고 했다. 스승님에게 항상 감사하는 마음을 가지면서도 더, 더, 확실히 인정받고 싶었다. 좋게 생각하자. 올라갈 경지가 남아 있어야 사는 재미가 있겠지.

대학교 앞은 일요일이 가장 조용했다. 일요일은 인건비는커녕 재료값도 건지기 힘들었다. 박씨 아저씨도 일요일에 나오지 않았고 윤씨 아저씨만 어쩌다 나왔다. 윤씨 아저씨는 일요일에 나오면 트럭도 안 열고 우두커니 앉아 있기만 했다. 분명 누군가를 기다리는 것 같은데 말을 안하시니.

나도 일요일은 쉬었다. 대신 다른 타꼬야끼 가게에 갔다. 친구도 많지 않고 만나는 여자도 없으니 휴일에 다른 할 일도 없었다. 같은 가게에 여러번 가봐도 뾰족하게 와닿는 곳은 찾지 못했다. 나도 타꼬야끼 세계에서 어느정도 알려진 편이라 다른 가게에 갈 때 마스크로 얼굴을 가렸다. 그래도 알아보는 시선을 느낄 때도 있지만.

“어때?”

“뭐가요?”

“타꼬야끼 맛이.”

“사부님 같아요.”

“그렇게 좋아?”

“사람 질리게 하는 데 재주가 있는걸요.”

“그만 일어날까? 아직 오늘 계획의 십분의 일 정도밖에 못했는데.”

현지는 울상이었다. 가슴팍에 그려진 토끼도 덩달아 축 늘어져 보였다. 세번째 가게의 타꼬야끼는 아직 네알이나 남아 있었다. 현지는 공원 벤치에 앉아서 일어날 생각도 하지 않고 배만 문질렀다.

“배 속에서 문어 조각들이 굴러다니는 것 같아요. 아무 맛도 모르겠어요. 맛이 없는 게 아니라 이제 아무 맛도 안 나요. 보기도 싫어요. 안녕, 바이바이 사부. 저 제자 안할래요.”

“사람만 많았지 제일 맛없는 곳이야. 지난번에도 별맛 안 나더니 오늘도 그러네. 다음에는 안 와야겠다. 확실히 삭제."

"타꼬야끼에 대한 생각이 한시간 반 만에 와르르 무너지는걸요."

"그래도 한시간 반이라도 갔네."

"몰라요. 공부하다가 오랜만에 바깥바람 쐬러 나온 건데."

"양다리를 걸치는구나. 시험은 시험대로, 타꼬야끼는 타꼬야끼대로."

"현지 아니니?"

뺀질뺀질하게 생긴 놈팡이가 현지를 보고 들뜬 목소리로 알은척을 했다. 휴일에 말쑥한 옷차림에 넥타이라니.

"아, 오빠."

현지는 놈팡이를 보고 어색하게 웃었다. 뭐? 오빠? 놈팡이가 나에게 어정쩡한 목례를 하고 현지에게 다가왔다. 놈팡이는 타꼬야끼를 들고 있었다.

"너도 맛집 찾아온 거야? 여기가 내가 먹어본 타꼬야끼집 중에 제일 맛있더라. 너 그동안 많이 예뻐졌다. 어느 학교에 있어? 야, 진짜 반갑다."

"저 공부 중이에요. 오빠 많이 멋있어졌네요."

"그럼 이번에는……"

"떨어진 거죠. 오빠 그때 사립 붙었단 이야기 들었어요. 늦게나마 축하해요. 연락처가 없어서."

"참, 너도 그때 최종면접 때 같이 있었지. 하여간 파이팅!"

놈팡이는 마지막 타꼬야끼를 입에 넣고 가버렸다. 놈팡이가 사라지고 나자 현지가 다리를 배배 꼬더니 심각한 얼굴이 되었다. 심각하기도 하고 미안하기도 한 얼굴. 사람들이 자신의 잘못을 털어놓을까 말까 할 때 짓는 얼굴. 현지는 한참 아무 말이 없다가 활짝 웃었다. 현지의 웃음을 보자 갑자기 어깨라도 두들겨주고 싶었다.

"사부, 저, 솔직히 말할게요."

"알아."

"네?"

"너 심심해서 타꼬야끼 배우는 거잖아."

"알고 있었어요?"

"내가 바보냐?"

*

차가 밀렸다. 하긴 일요일 이 시간에 이 정도 막히는 거면 양호한 편이다. 아버지를 마지막으로 본 건 귀국했을 때였다. 마지막 바로 전에 아버지를 본 건 일본으로 유학을 떠날 때였다. 전화 통화는 부자 사이답지 않게 자주 했지만 서로 만나지는 않았다. 나는 아버지를 같은 꿈을 가지고 조금 다른 길을 걷는 사람이라고 생각했고, 아버지는 나를 다른 꿈을 가지고 반대 방향으로 걷는 관계라고 생각하셨다. 자식 된 도리로 아버지께 전화는 하면서도 굳이 아버지를 만나고 싶지는 않았다.

"뭐, 오래간만에 얼굴도 한번 보고."

"사부의 아버지면서, 사부의 사부란 말이죠. 겉으로는 서로 인정하지 않지만 내심 서로의 기량에 탄복하는 그런 부자관계?"

"아니, 내가 더 잘났지. 아버지를 능가하는 건 어렵지 않았어. 아버지가 우리나라에서 두 손가락 안에 드는 붕어빵 명인이라는 거야 인정하지만, 내가 더 천재니까. 아버지는 명인에 그쳤지만 나는 시대의 변화까지 읽는 천재지."

"아버지도 그렇게 생각하세요?"

"그럴 리가. 하지만 난 이해해. 늙으신 아버지가 패배를 인정하는 건 쉽지 않겠지."

트럭을 보면 아버지는 어떤 얼굴이 될까? 기습, 아버지의 허를 찌를 생각에 기분이 좋아졌다. 폭탄을 가득 싣고 적진으로 달리는 기분이었다. 홍콩 영화처럼. 나무꼬치를 멋지게 입에 물고, 타꼬야끼가 연발되는 기관총을 꺼내 두두두두. 아버지의 입속에 사정없이 타꼬야끼들이 들어가고 바람결에 카쯔오부시가 날리고……

아버지가 타꼬야끼를 반대하지만 않았다면 이런 관계는 아니었을 텐데. 친하다고 할 수는 없어도 그럭저럭, 그럭저럭한 아버지와 아들이었는데. 일본으로 유학을 가면서부터 우리 관계가 비틀어졌다. 다 아버지의 완고한 소심함 때문이다. 정체구간을 벗어나자 트럭도 속도를 낼 수 있었다. 다시 침묵이 이어졌다. 내가 말을 걸면 현지는 활기차게 대답했지만 먼저 입을 열지는 않았다. 근데 그 놈 팡이는 누구지.

"드라이브하고 싶다며?"

"트럭으로 드라이브하는 건 또 처음이네요. 아, 엉덩이 아파. 방석이라도 좀 깔고 다녀요."

"운전석, 내 엉덩이 밑에는 있으니까 괜찮아."

"양보 좀 하시든가요."

"누가 옆에 탈 줄은 몰랐지. 차가 많이 막히네."

"어머니 빼고 옆에 여자 처음 태운 거죠?"

"응, 하늘나라에 계신 어머니를 옆에 태울 순 없잖아. 어머니가 하느님한테 외출증이라도 끊어오면 몰라도."

빠앙. 옆 차선에 있던 차가 깜빡이도 없이 끼어들었다. 급히 브레이크를 밟았고 욕할 틈도 없이 끼어든 차는 사라졌다.

"어머, 죄송해요. 사부가 그냥 부모님하고 사이가 안 좋은 줄 알았어요. 아, 나 원래 이런 애 아닌데 죄송해요."

"농담이야. 어머니 안 돌아가셨어. 사실 돌아가셨는지 아닌지도 모르지만 방금같이 미친 차가 끼어들었다거나, 암 같은 게 아니면 아직 안 돌아가셨을 거야. 아버지도 아직 멀쩡하시니까. 왜, 요즘은 암도 일찍만 발견하면 괜찮다잖아. 돌아가시지만 않았다면 죽기 전에 한번은 만나리라 믿어."

"그게 무슨 말이에요?"

"집 나가셨어. 붕어빵에 미친 아버지 때문에. 사실 어머니 얼굴도 기억 안 나. 사람 기억이 다섯살인가 여섯살 이후부터 가능하다고 하잖아. 그전 기억은 사실 기억이 아니라 스스로 만들어낸 거고.

어머니 얼굴이 제대로 기억 안 나는 걸 보면 그전에 집 나가셨나 봐. 다 들은 이야기야."

"누구한테요?"

"뺑뺑, 뺑튀기 영감한테. 사실 내가 널 제자로 받은 것도 다 엄마 때문이지."

"갈수록 이해가 안되네요."

"이해하라고 한 말도 아니니 너무 신경 쓰지 마."

"사부, 유난히 까칠한데요."

"미안. 아버지 만나는 건 오랜만이라서. 안 그럴 줄 알았는데 역시 그렇네. 그냥 가지 말까? 꼭 아버지를 봐야 하는 것도 아니고 보고 싶은 것도 아닌데. 괜히 만나봐야 기분만 상할지도 몰라. 어색하기도 하고. 그러게 우리 아버지 이야기는 왜 물어봐?"

"궁금하잖아요. 이때까지 사부가 만든 것보다 더 완벽한 타꼬야끼를 먹어본 적이 없는데, 붕어빵 명인이라니. 공식적으로 인정받지 못했지만 인간문화재인 셈이잖아요. 근데 사부 아버님은 일요일에도 나오세요?"

"설날, 추석날에도 안 쉬는 사람이야. 일 없는 일요일에 안 나왔을 리 없지."

안 나왔을 리 없었다. 아버지의 리어카가 보였다. 멀찌감치 차를 세우려고 했지만 주차할 공간이 도무지 없었다. 하는 수 없이 아버지를 향해 차를 몰고 갈 수밖에 없었다. 리어카 옆에 딱 내 트럭 하나 주차할 만한 공간이 비어 있었다. 서서히 트럭을 몰고 가는데 아버지가 물끄러미 내 트럭을 응시했다. 순간, 확 달려버리고 싶었다. 아버지 앞에서 멈추게 되든, 아버지의 시야를 벗어나는 곳이든 간에.

"안녕하세요, 아버지."

"걔는 누구냐?"

아버지가 내 인사를 받은 건지 안 받은 건지 모르겠다. 현지는 내 등 뒤에서 눈치를 보는 모양이었다.

"제자예요."

"며느리를 데리고 오면 용서할 줄 알았나본데, 그래, 용서하마."

"며느리라뇨?"

"안녕하세요, 아버님."

동시에 두가지 진술이 엇갈렸다. 법정에서 시시비비를 가리기도 전에 한 사람의 착각과 한 사람의 연극에 의해 내 진술은 기각당했다.

"첫째, 너한테 제자라니 가당치도 않지. 둘째, 니가 처음 데리고 온 여자는 제자보다 며느리가 더 잘 어울리겠지. 셋째, 며느리가 며느리라고 하지 않느냐."

"첫째, 얘는 제자예요. 둘째, 얘가 좀 이상한 애예요. 셋째, 첫째 둘째 이런 것 좀 하지 마세요."

"아버님 재치 있으신데요? 음, 첫째, 안녕하세요, 현지라고 해요. 둘째, 아버님 말씀은 많이 들었어요. 셋째, 음, 아버님 미남이세요.

어머, 이게 그 붕어빵이네요."

현지는 붕어빵을 집으며 슬쩍 나를 발로 찼다. 아버지는 포장에서 나와 내 어깨를 끌어당겼다. 아버지와의 스킨십은 거의 십년 만인 것 같은데. 나는 아버지 손에 이끌려나왔다.

"재주도 좋구나."

"그럼요, 아니 그게 아니라니까요."

"아들이냐 딸이냐?"

"무슨 소리세요?"

"속도위반이 아니면 저 처자가 미쳤다고 너랑 결혼을 하겠냐. 괜찮다. 요즘 세상에 그게 어디 흉이나 되냐. 혼수로 마련했다고 생각하마. 나도 그 정도는 이해할 수 있다. 너를 데리고 간다는데 이해하지 못할 것도 없고. 아들이면 더 좋겠지만 딸이라도 섭섭한 기색은 보이지 않으마. 아들이건 딸이건 공평하게 내 모든 것을 전수할 생각이다. 참, 넌 여전히 자신의 속마음도 모르는구나."

기습은 실패인가…… 하긴, 기습이 매번 성공할 것 같으면 죄다 기습만 하게. 타꼬야끼를 두두두 쏘려 했는데. 현지 재는 왜 저러는 거야? 시험공부를 오래 하면 사람이 이상해진다더니 진짜 그런가 보다. 멀쩡한 여자가 타꼬야끼를 배운다고 할 때부터 알아봤어야 했는데.

"아버지, 제발 부탁인데요, 그런 거 아니에요. 재는 진짜 제잔데 이상한 애구요, 그러니까 재는 임용시험을 준비하는데 오늘 타꼬야끼를 너무 많이 먹어서 그런 거예요."

"역시 타꼬야끼는 요망한 것이로구나."

"그게 아니라 미각과 공부를 위한 건데, 하아, 아버지 그게요, 타꼬야끼 때문이 아니라 재가 장난치는 거라니까요."

아버지는 들은 척도 하지 않고 현지를 살펴봤다.

"재도 붕어빵에 소질이 있는 것 같다."

내가 잘못 들었겠지?

"이게 다 엄마 때문이고 아버지 때문이에요."

"무슨 소리냐?"

"아버지가 붕어빵에 미쳐 있지 않았으면 엄마도 집 나가지 않았을 거고 그러면 제가 재를 굳이 제자로 받지도 않았겠죠, 당연히 오늘 데리고 오지 않았을 거고…… 네, 말하는 저도 제가 미친놈 같으니 그런 눈길로 그만 보세요."

아버지는 계속 이상한 눈길로 나를 바라봤다. 이래서 확, 기습 작전이 성공해야 했는데. 타꼬야끼 트럭을 몰고 돌진! 붕어빵을 쳐부수자! 다시 아버지 탓을 해야 하나, 군대에서 붕어빵병이었던 걸 탓해야 하나……

"아들아, 니가 잘못 알고 있는 게 있는데 말이다."

"제가 생각해도 이상한데, 이게 말은 맞는데 말하다보니까 꼬이는 것뿐이라고요. 그러니까……"

"네 엄마 집 나간 적 없다."

"네?"

엄마는 집을 나간 적이 없었다. 엄마는 집을 안 나갔을지도 모른다. 엄마가 살아 있는지 죽었는지 알 수 없는 것처럼, 엄마가 집을 나간 건지 아닌지도 알 수 없다.

나에게 엄마가 존재한 적이 없으니까.

"그날도 붕어빵을 굽고 있었다. 네 엄마가 잠깐 너를 맡겨두고 갔다. 네 엄마 얼굴은 나도 기억이 나지 않는다. 당시에 시장 나왔다 잠시 애를 맡기는 경우가 많았다. 그대로 애를 버리고 가는 경우도 있었지만 그때 나도 젊어서 그 생각은 못했다. 열신가 열한신가, 그때 너를 잠깐 맡겨두고 간 여자가 장사를 접을 때까지 오지 않더라. 이제 와서 이야기하려니 미안한데 너도 알 건 알아야 할 것 같구나. 곧 결혼도 할 텐데. 며느리를 데리고 오는 날 이야기하고 싶었다. 하지만 아들아……"

이 사람은 그럼 누구지.

"아버지, 왜 그 이야기를 지금 하세요?"

"군대 갔다 오면 해주려고 했다. 그런데 상태도 안 좋고, 여행 다녀오고 정신 차린 뒤에 이야기하려고 했는데 다시 일본에 갔고. 돌아오자마자 짐 싸서 가출했고. 그후로 나를 본 적이 없지 않냐. 설마 이런 이야기를 전화로 하라는 건 아니겠지. 운명도 별것 아니다. 이럴 수도 있다. 너무 심각하게 생각하지 마라. 지나간 일이다. 고정된 과거로 미래의 발목을 잡아서야 쓰겠냐."

아, 아버지다. 그런데 아버지는 아버지인데 친아버지는 아니다.

"아버지는 스물다섯에 장가갔다면서요?"

"미안하다. 너 장가 보내려고 한 거짓말이다. 그때 장가갈 뻔한 일이 있으니 완전히 지어낸 건 아니다."

"아버지."

"그래, 하고 싶은 말을 해라. 미안한 생각도 들지만 그래도 내 마음은 늘 진심이었다."

"붕어빵은 일본 간식이에요. 천구백삼십년대, 일제 강점기죠. 그때 들어왔는데 타이야끼 빵, 도미빵이 원조예요. 붕어라기보다 도미 모양이었어요. 당시 일본에서 도미는 귀한 생선이었거든요, 지금도 그렇지만. 그래서 도미 모양으로 빵을 만들었죠. 그걸 우리나라에서 흔한 붕어로 모양을 바꿨을 뿐이에요. 민물에 흔하게 사는 붕어가 친근하니까요. 아버지는 할아버지의 국화빵을 두고 일본이 어쩌고 민족 자존심이 어쩌고 그러고, 그래서 붕어빵으로 바꿨다고 하면서 저보고 타꼬야끼가 왜색이라고 뭐라 하지만 똑같아요. 붕어빵도 일본에서 들어온 거나 마찬가지라구요. 그런데 저보고 왜색이라구요?"

마구 뒤흔든 콜라 캔을 땄을 때처럼 말이 치솟았다. 다 솟아나올 때까지 분출하는 콜라를 멈출 수 없는 것처럼 오래 마음에 두었던 말이 터져나왔다. 그래도 이 말은 하지 않으려고 했는데. 인터넷에서 잠깐만 검색해보면 붕어빵의 역사에 대해 알 수 있었다. 붕어빵은 물 건너온 것이다. 타꼬야끼처럼.

아버지의 얼굴이 차츰 노래지는 걸 보면서도 할 말을 다 했다. 소리를 지르느라 내 얼굴은 벌게졌다. 할 말을 다 하고 나자 김빠진 콜라처럼 아무것도 할 수 없었다. 말을 다 하고 나서 트럭에 올랐다. 백미러 속에 현지가 뒤쫓아오고 있었다.

*

방을 계약할 때 벽지로 트집을 잡았다. 주인은 깨끗한데 굳이 도배를 다시 할 필요가 있느냐며 구시렁거렸지만 민무늬가 거슬렸다. 입주하기 전에 도배를 꼭 요구하라는 말을 들어서 그랬을지도 모르겠다. 집주인의 앙갚음인지 이삿날 나는 화려한 분홍색 꽃무늬와 마주쳤다.

지금 보니 잘한 일이다. 열흘째 밖에 나가지도 않고 벽지의 이상한 꽃무늬만 세고 있었다. 분홍색 꽃은 무슨 종류일까. 국화도 아니고 장미도 아니고. 막상 내가 보고 종류를 구분할 수 있는 꽃은 열종류 정도밖에 안되는 것 같다.

아버지는 오늘도 붕어빵을 굽고 있겠지.

막연하게나마 엄마가 돌아올 거라고 생각했다. 언제가 될지 몰라도 다시 아버지를 찾아올 줄 알았다. 아버지가 수십년째 자리를 바꾸지 않는 것도, 터가 좋고 단골 문제도 있지만 엄마가 돌아올 수 있게 지키는 줄 알았다. 언젠가, 언젠가 '니 엄마가 돌아왔다'는 아버지의 전화를 받을 줄 알았다. 엄마는 어디까지나 가출한 거니까. 돌아와서 부자가 똑같이 풀빵만 굽고 있다고 타박할 줄 알았다. 나는 돌아온 엄마에게 서먹서먹하게 대하고, 그러다 내가 교통사고라도 나고, 병원에서 '엄마!' 하고 품속으로 파고들고…… 심심해서 해본 뻔한 상상마저 착각이었다.

하긴 이때까지 돌아오지 않은 가출한 엄마나, 이때까지 나를 찾지 않은 매정한 엄마나 마찬가지다. 엄마가 날 버린 곳을 기억한다면 수십년 뒤 다시 붕어빵 리어카를 찾아올 것이고 아버지가 그 자리를 지키고 있다…… 엄마가 날 찾기로 마음먹는다면 달라질 건 없다. 그래, 정말 달라진 게 없다.

아버지 때문이 아니었다. 아버지가 원망스럽기도 하고 원망스럽지 않기도 했다. 소리를 지르고 집에 왔을 때와 달리 이상하게 화도 나지 않았다. 아무 의욕도 없고 만사가 귀찮기만 했다. 아버지한테 미안한 마음도 들었다. 피도 한 방울 섞이지 않았는데 이만하면 그동안 잘 키워준 분이다. 아버지는 아들이 아니라 제자가 필요했던 걸까? 에이, 그래도 제자보다는 아들에 훨씬 가까웠던 것 같다. 생각하는 것도 귀찮아서 드문드문 사고의 고리를 이어나갔다. 이삼분 생각하다가 다시 십분쯤 멍하게 있다가, 다시 이삼분 딴생각하다가 벽지 무늬나 세다가. 내가 무슨 생각을 하고 있는지 모르겠다.

열흘 동안 휴대전화를 껐다가 켜기를 반복했다. 켜두자니 현지나 아버지의 전화가 귀찮았고 꺼두기만 하자니 내심 뭐라도 연락 온 걸 보고 싶었다. 휴대전화를 켜고 일분쯤 기다리면 현지가 보낸 문자메시지가 속속 들어왔다. 아버지의 연락은 없었다. 나는 현지가 보낸 문자만 읽고 곧바로 휴대전화를 껐다.

사부 힘내세요 뭐라고 위로를 해야 할지 모르겠지만 어서 힘내세요^^;

와 눈 와요 눈^^ 오늘 타꼬야끼 장사 진짜 잘될 것 같은데 어서 나와요^^

사부 설마 죽은 건 아니죠? 이상한 생각 하지 말고 연락 좀 주세요 걱정되잖아요!

박씨 아저씨도 계속 안 나오시고. 윤씨 아저씨가 걱정하세요 학생들도 타꼬야끼 안 온다고 배고파하고 있어요

야 너 계속 찌질하게 굴래? 죽을래?

마지막 문자메시지에 잠깐 욱했다. 다시 휴대전화를 끄려는데 갑자기 벨소리가 힘차게 울렸다. 받지 않으려고 했는데 깜짝 놀라는 바람에 전화를 받아버렸다.

"엉엉엉, 사부, 어디 갔어요, 엉엉. 지금 난리 났다구요."

"난리는 무슨. 북한군이라도 쳐들어왔대? 괜찮아, 타꼬야끼는 인민을 위한 거니까. 이때를 대비해서 준비한 인공기가 어디 있을 거야."

"진짜예요, 사부. 깡패들이 와서 윤씨 아저씨 때리고 다 엎었어요. 어서 빨리 와요."

"깡패? 거기 이때까지 한번도 그런 일이 없는데 무슨 소리야?"

“재들이 깡패지 뭐겠어요. 박씨 아저씨도 안 계시고 도나쓰 아저씨 어떻게 해요.”

“경찰에 신고하지 말고 기다려. 절대 신고하지 마.”

안 좋은 일은 몰려다니는 습성이 있는 걸까. 급히 트럭을 몰았다. 열흘 동안 한번도 씻지 않았는데 냄새가 날지 모르겠다.

*

스승님에게 받은 타꼬야끼 틀 하나는 찌그러지고 다른 하나는 깨졌다. 이게 깨질 수 있는 재질이었구나.

“사부, 괜찮아요?”

“치사하게 다 끝나니까 나타나?”

“무서워서요. 미안해요.”

“자네, 좀 괜찮나?”

윤씨 아저씨는 멱살을 잡혀서 목 주변이 시뻘겋게 달아오른 걸 빼면 멀쩡했다. 좌판 엎어진 거랑, 트럭에 한두군데 찍힌 자국이 생긴 걸 빼면 양호할 정도였다. 끓는 기름은 그놈들도 위험할 거라고 생각했는지 내버려두었다. 윤씨 아저씨 나이를 생각한 건지 겁만 주려는 건지 심하게 다루진 않았다. 이럴 거면 나오지 말걸. 괜히 나왔다가 돌아가는 놈들한테 걸렸고, 괜히 조금 개겼다가 코피가 터졌고, 타꼬야끼 틀이 못쓰게 되었다. 현지, 네 이년.

“일주일 전에도 한번 왔는데…… 월세를 내라는데…… 그때는 그냥 도나쓰만 집어 먹고 가더니…… 자네 괜히 와서 욕만 봤네. 미안하이. 맞은 데 좀 어떤가?”

“아녜요. 노점 하다보면 이 정도야 있는 일이죠, 뭐. 형님은 좀 괜찮으세요?”

현지 앞에서야 늘 있는 일이라고는 했지만 막상 맞아본 건 이번이 처음이다. 누가 와서 경고만 해도 나는 순순히 두번 다시 그 자리에서 장사를 하지 않았기 때문에 맞을 일이 없었다. 옛날에 철규한테 맞은 뒤로 처음 맞아본 것 같다. 아, 군대에서도 좀 맞긴 했다. 붕어빵병이 되기 전에 자주 맞았으니. 갑자기 빡을 서너대 맞다보니 정신이 하나도 없었다. 빡 몇대가 사람을 머릿속부터 허물어지게 만드는지 몰랐다. 반항 한번 해보지 못하고 어버버거리다가 정신을 차리니 놈들이 저 멀리 걸어가고 있었다. 정신을 차려도 쫓아갈 엄두가 나지 않았다.

타꼬야끼 틀을 집어들었다. 땜질을 할 수도 없고, 다시 두들겨 펼 수도 없을 것 같다. 하필이면 내 이름이 새겨진 사이로 금이 가 깨져버렸다. 빡 맞은 것보다 타꼬야끼 틀이 못쓰게 된 게 아쉬웠다. 스승님이 주셨고 잘 길들인 틀이었는데. 보통 타꼬야끼 틀이야 돈만 주면 쉽게 살 수 있지만 그런 틀들은 질이 좋지 않다. 손에 익으려면 한참 걸리기도 할 거고. 타꼬야끼 틀을 잃어버렸으니 이번에는 보름쯤 집 안에 틀어박힐까.

“그래도 자네야 장사가 잘되니 월세 내면서 할 수 있을 텐데…… 여기만큼 정든 곳도 없는데……”

윤씨 아저씨는 장사가 잘 안된다. 도넛이 대학생들에게 인기 있는 품목은 아니다. 작년까지만 해도 천원에 일곱개나 줬고, 꾸준히 밀가루값이 오르지만 올해도 천원에 다섯개나 준다. 맛이야 좋지만 이게 기름에 튀긴 거다보니 한번에 세개 이상 먹기 어렵고 한번 먹고 다시 사러 오는 기간도 길다. 서너명이서 천원짜리 한 봉지 사서 먹으면 배부르니 많이 팔리지도 않는다. 박씨 아저씨는 끈질기게 다른 품목을 추가하라고 권하지만 윤씨 아저씨는 묵묵히 도넛만 튀겼다. 옆에서 보면 도넛 장사는 간첩 활동 자금 마련을 위한 게 아닐까 하는 망상이 든다. 망상이다. 장사가 저렇게 안되니.

"순대 형님은 요즘 안 나오신다면서요?"

"군대 간 첫째아들 면회 갔다 오고 감기몸살에 걸렸다던데. 내일은 나온다고 했는데…… 저놈들 내일 또 오겠지?"

"에이, 설마 또 올까요. 며칠은 있다 오겠죠."

"사부, 신고하면 안돼요?"

"다른 곳으로 옮길 작정 하고 신고하면 되기는 한데 골치 아파. 경찰이 노점상 보호해주러 금방금방 오는 것도 아니라 불안하기도 하고. 요즘은 조폭들도 구청에 민원 넣거든. 식품안전법이다 뭐다 해서 신고 들어가고 하면…… 민원이 깡패야, 깡패. 경찰에 신고하고 옮기면 걔들도 약 올라서 계속 쫓아다니기 때문에 힘들어. 쳇, 일자리 창출에 기여해도 아무 보호도 못 받으니."

바닥에 팽개쳐진 물건들을 주섬주섬 주워담았다. 다행히 준비한 반죽도 없었고 말라비틀어진 문어 봉지가 전부라 엉망이 되진 않왔다. 집에 가서 정리할 생각에 우선 트럭 안에 죄다 쑤셔넣었다.

"순대 형님 만나보고 생각하죠."

"박씨라고 뾰족한 수가 있겠나."

"혹시 알아요? 인상으로 제압할 수 있을지. 알고 보니 은퇴한 조폭계의 전설, 하하하."

"덩치만 크지 순한 사람인 걸 자네도 알잖나."

윤씨 아저씨가 쓰게 웃었다. 이때까지 윤씨 아저씨와 만난 날 중에서 오늘 가장 많은 말을 하신 것 같다. 아, 촬영하던 날에도 윤씨 아저씨는 말이 많았다.

트럭에 시동을 거는데 현지가 조수석에 잽싸게 올라탔다. 그놈들이 트럭에 아무 해코지도 하지 않아서 다행이다. 가지고 있는 동산 목록 중에서 가장 비싼 녀석이다. 일본에서 돌아온 뒤 가지고 있던 저축을 탈탈 털어서 산 녀석. 더 싼 개조 차량을 두고 직접 도색부터 손본 놈이다. 히터가 돌아가면서 따뜻한 바람이 나왔다.

"내려."

"밖에 추운데. 또 잠수 타려구요?"

"와보니 별일도 아니었잖아. 내가 와서 별일이 된 거지. 니가 전화로 울고불고 소리치기에 나왔는데 도나쓰 형님도 멀쩡하고 나만 괜히 이게 뭐야. 내려."

"혼자 있어서 좋을 게 뭐가 있어요."

"너랑 같이 있어서 좋은 것도 없잖아. 아버지 일도 그렇고, 오늘 일도 그렇고, 너 때문은 아니지만 너가 상당 부분 관련되어 있는 거 몰라?"

"쳇, 그렇긴 하지만 그게 꼭 저 때문인가요. 사부, 나 배고파요. 밥 먹으러 가요."

"참, 뭐? 너 아까 뭐라 했어."

"뭘요?"

"죽고 싶냐고? 찌질?"

현지는 무슨 소리인지 모르겠다는 얼굴이다가, 다시 생각났다는 듯 배시시 웃었다. 현지의 얼굴을 보는 순간 아까 뺨 맞았을 때처럼 갑자기 멍해졌다.

*

"사부, 우리 누가 더 불행한지 내기할래요?"

"누가 더 불행한 걸 가지고 내기를 해?"

"사람들 많이 하잖아요. 난 이러이러해서 슬퍼. 그러면 야, 나는 더한 일도 있었는데 말야 어쩌고 그러니까 내가 더 불행해. 그러면 다시 옆에서 듣던 사람이 난 이런 일도 있었다구, 하면서 서로의 불행을 나누고, 위안을 얻고. 술자리의 태반이 그런 거 아니에요? 상대의 불행을 확인하면서 안도감도 얻고, 자신이 힘든 일을 이겨냈다는 걸 자랑하면서 뿌듯함도 느끼고. 가식적으로 보여도 순기능도 있잖아요? 우리도 내기해요. 지는 사람이 여기 계산하기. 콜?"

치이지칙. 불판 위에 놓인 삼겹살이 비명을 질렀다. 삼겹살 세줄을 얹고 양파를 올리고 나니 김치를 올릴 자리가 없었다. 김치를 집어들었다가 하는 수 없이 다시 내려놓았다. 미안하다 김치야. 다음 세상에는 삼겹살로 태어나거라. 최소한 양파라도 되렴.

"김치부터 올릴걸."

"난 구운 양파가 더 좋아."

"그러게 여기 말고 다른 곳 가자고 했잖아요."

"타꼬야끼 틀도 새로 사야 되고 열흘 동안 놀아서 돈도 궁해. 그놈들한테 월세를 낼지 말지도 걱정이고. 돈이 어디 있냐."

"사부 벌써 일어난 거예요?"

"월세를 안 내면 쫓겨나겠지. 다시 자리를 알아봐야 하는데 그동안 수입이 줄면 줄었지 늘지는 않겠지. 월세를 내면? 평균적인 수입이 줄고 배도 아프겠지. 우선 월세를 내고 다른 곳을 알아봐야 하나? 불황 덕분에 풀빵 장사가 잘되지만 그만큼 새로 시작하는 사람도 늘어나는데."

"만약 사부가 다른 곳으로 옮기면 제가 배우기가 힘들죠. 멀리 가면 멀리 갈수록 어렵겠네요. 사부야 차라도 있지, 난 버스 타고 따라가야 한다구요."

빠르게 양파를 굽고 그 자리에 김치를 구워야지. 양파는 그냥 먹기도 하잖아. 그냥 먹는 건 김치도 마찬가진데. 사실 구운 양파를 구운 김치보다 더 좋아하는 것도 아니다. 아무 생각 없이 양파부터 올린 것뿐이다. 그래, 김치에게 미안하지만 너는 조금 뒤에 구워도 되는 거니까. 그러니까 월세는 어떻게 하지.

"넌 대학이라도 나왔지. 난 고졸인데다가 일터마저 빼앗겼어."

"사부는 일터라도 있었죠. 전 일할 기회조차 얻지 못했다구요. 일 한번 해보고 싶어서 몇년째 공부만 하고 있는데 될 가망도 보이지 않아요. 난 학교에서 애들 가르치는 게 꿈인데."

"난 주워온 자식이야."

"대신 운명적으로 붕어빵 명인을 아버지로 만나 훌륭한 조기교육을 받았죠. 저희 부모님은 왜 임용시험을 붙지 못하는지 이해도 못하세요. 무슨 고시도 아닌데, 제가 게으르다고만 생각하죠. 다른 사람들도 붙어봐야 고작 교사 되는 거잖아, 연봉이 어쩌고 하면서 붙어도 무시하고, 떨어지면 이상하게 생각하고. 하고 싶은 걸 하라면서 좋은 대학 나와서 교사 하면 문제 있는 사람처럼 보거나 도통 이해하지 못하겠다는 표정으로 바라보고. 요즘 젊은 사람들 눈 낮출 줄 모른다고 혀 차면서도 자기 아들이 눈 낮추면 그런 데 취직하라고 내가 대학 보냈느냐며 소리 지르는 부모님들이 대부분이잖아요. 사부, 건배."

"너, 쌓인 게 많았구나. 자식이 하는 일에 대해 이해하지 못하는 건 우리 아버지도 마찬가지야. 야, 원샷 해야지."

"아싸, 땡. 사부는 역시 아버님을 아버지라고 생각하잖아요. 아까 한 말이 뒤집혔으니 일 대 영. 대학 이야기 나온 김에, 대학 사년을 마치고 나니 남는 건 학자금대출로 쌓인 빚밖에 없어요. 이거 다 갚으려면 몇년은 걸릴걸요. 능력 있고 운 좋아 바로 좋은 직장에 취직하는 애들이야 금방 갚겠지만 대부분은 취직을 못하니 갚질 못해요. 졸업하자마자 빚쟁이인데 취직은 요원하네요."

"난 엄마 얼굴도 기억 못해. 엄마 얼굴이나 봤으면 좋겠다."

"저도 엄마는 돌아가셨어요. 고등학교 때."

"스승님에게 받은 타꼬야끼 틀도 망가졌어."

"전 아직 타꼬야끼 틀도 없답니다. 차도 없구요. 사부는 집도 있고 차도 있고. 생산수단을 갖고 있으니 프롤레타리아가 아니라 부르주아네. 돈 잘 버는 자영업자."

"반 전세 반 월세야."

"아얏. 사부, 요즘 애들 어떤지 알아요?"

기름이 튀었다. 나는 삼겹살을 뒤집었다. 불판이 문제인지 삼겹살이 문제인지 너무 늦게 뒤집은 건지 한쪽이 살짝 탔다. 삼겹살마저도 제대로 안되는 날이다.

"어떤데?"

"이것저것 다 따지느라 모든 걸 배제해버려요. 안정성이 어쩌고 하면서 이거 빼고, 돈이 어쩌고 하면서 저거 빼고. 좋은 전문직만 부러워하구요."

"우리 때도 그랬는데. 나 고삼 때도 전문직은 인기였어."

"그래서 사부가 부러웠어요. 사부, 힘들어도, 우리 등을 꼿꼿이 펴기로 해요."

"내 등은 항상 꼿꼿해."

일진이 사납긴 했지만 불행하다고 생각하진 않았다. 아버지는 항상 당당하라고 했다. 아버지만큼 당당하게 살지 못했지만 딱히 심하게 주눅 들어 살지도 않았다. 겁먹을 때 빼면. 아버지만큼은 아니라도 내가 하는 일에 자신감을 갖고 있었고 남들이 뭐라 해도 크게 신경 쓰지도 않았다. 현지의 마음이 고맙긴 하다. 나 때문에 억지로 자신의 불행을 과장하고 있다. 어차피 하루이틀 지나면 그냥 뭐, 신경 쓰이는 사건이 많긴 하지만, 엄마 생각도 다시 까먹겠지.

"아직도 유럽 가고 싶어?"

"뭐야, 사부. 벌써 패배 선언?"

"그렇다 치고."

"가위랑 집게 이리 주세요."

"됐어, 내가 할게. 어릴 때 왼손잡이였어서 가위질은 지금도 왼손으로 잘해. 이게 고기 구울 때 되게 편하다? 오른손으로 집게 쥐고 왼손으로 자르면 되니까. 타꼬야끼 배운 지도 두달이 넘었는데, 어쩔 거야?"

현지가 잔을 비웠다. 참 맛있게 먹는다.

"넌 소주가 맛있냐?"

"사부, 첫날 왜 타꼬야끼를 배우겠다고 했는지 알아요?"

"내 미모에 반해서?"

"역시 사부는 감각이 뛰어나네요. 특히 착각이 발달했어. 사부는 육감이 있는 사람이야. 착감(錯感)까지 있으니까요."

"그럼, 사실 타꼬야끼가 거대한 킬러 조직이라는 걸 눈치챘구나. 전국구 킬러 조직."

"킬러는 무슨. 보통 사람들은 죽을 때까지 킬러 얼굴 한번 못 보고 죽어요. 식상한 농담 말고 제가 타꼬야끼를 배우겠다고 한 이유나 맞혀봐요."

"아, 정답! 시험도 안되고 하니까 재미 삼아서 아냐?"

"그날 일차 시험 결과 보고 돌아온 날이었어요."

현지가 잔을 비우는 속도가 빠르다. 나도 같이 비웠다. 술잔을 내려놓는데 슈우우 하고 무거운 한숨이 코로 빠져나가는 소리가 들렸다. 누구 한숨 소리일까.

"시험을 치구요, 그날 저녁이 되면 정답이 인터넷에 떠요. 인터넷에서 다른 사람들 성적 확인할 것도 없는 점수가 나오더라구요. 작년보다 훨씬 안 나온 거 있죠. 몇 배 더 치열하게 공부했으면 최소한 비슷하게는 나와야 할 거 아니에요? 시험 끝나면 집에 가서 자고 싶었는데, 아버지가 집에 계실 시간이니…… 시험이 토요일이거든요. 갈 곳도 없고 다시 학교 도서관에 있다가 답 맞춰보니까 눈물이 나서. 다른 사람들한테 방해될까봐 도서관 문을 나섰는데 여자 혼자 술 마시러 갈 수도 없고. 혼자 학교 벤치에서 벌벌 떨면서 맥주 하나 먹고 나니까 따뜻한 거라도 먹고 싶어서 타꼬야끼 사러 갔던 거예요. 사부, 우리 엄마 소원이 뭔지 알아요?"

현지가 또 잔을 비웠다. 같이 진도를 맞춰주고 싶었는데 속도를 맞추다가는 오늘 일진을 더 꼬이게 만들겠지.

"우리 엄마 소원도 모르는데 니네 엄마 소원을 내가 어떻게 알아. 그럼 술김에 배우겠다고 한 거야?"

“배우기로 한 건 그보다 한참 뒤예요. 그날은 타꼬야끼만 사 먹으러 간 거죠. 그런데 다음 날 일어나서 생각해보니까 배워둬서 나쁠 것도 없을 것 같고. 계속 사 먹다보니 맛도 있고. 왜, 다들 자격증도 몇개씩 따두는데. 보험이죠, 보험. 그런데 해보니까 재미있더라구요. 타꼬야끼가 내 적성이 아니었나 싶을 만큼.”

“하긴, 옛날에 그런 거 보면 참 한심했는데 나도 붕어빵 때려치우고 나니까 자격증이나 따놓을걸 싶더라. 그런 것치고 꽤 열심히 나왔네. 일부러 골탕 먹여도 잘 참고.”

“역시, 일부러 그런 거예요?”

“진짜 그렇게 가르치는 사람이 어디 있어? 근데 그 오빠는 누구야?”

“오빠라뇨?”

“왜, 그날.”

“하여간 찌질하다니까.”

“그냥 생각난 김에 물어보는 거야.”

“학교 선배예요. 지지리 공부 안하더니 남자라고 사립에 빨리 갔어요. 오빠는 오빠대로 할 말이 있겠죠. 그래도 부럽고 짜증 나는 건 어쩔 수 없어요. 왜, 내가 옛날에 그 오빠 좋아했을 것 같아요? 그냥, 안 마주쳐도 괜찮았을 텐데.”

“그건 아니고.”

“나도 사립에 원서 꽤 썼어요. 하루는 그 오빠랑 나란히 최종면접을 봤는데 면접관들 앞에서 갑자기 되게 친한 척하더라구요. 같은 학교 같은 과 사람들끼리 면접을 보지만 자기는 그런 거에 구애받는 성격이 아니라 이거죠. 나만 그때 순진하게 당황해서 얼굴 굳어버렸고. 같은 과 사람끼리 최종면접에 남는다는 게 무슨 왕위를 물려받기 위해 싸우는 왕자들 같았거든요. 왕위면 그래도 멋있기나 하죠. 진짜 그땐 나도 순진했지. 그 오빠, 매번 시험 치면 애들 답안 어떻게 썼는지 물어보고 다닐 때 알아봤어야 하는 건데. 사부, 우리 억지로라도 웃으며 술 마셔요. 건배!"

현지는 놈팡이 연락처가 없다고 했지. 그날 서로 연락처를 묻지도 않았고. 구운 양파는 삼겹살보다 더 빨리 사라졌다. 삼겹살 일인분 추가에 소주 한 병이 비었고, 운전은 아까 포기했다. 타꼬야끼 트럭에 대리운전을 부르면 올까? 대리운전 기사가 오면 둘 중 하나는 운전석 뒷자리 공간에 끼여 앉아야 하나? 살아온 이야기, 살아갈 이야기, 대부분이 암담하고 갑갑한 내용이었지만 이야기하다보니 재미가 붙었다. 술 때문인지도 모르겠다.

"사부, 불행이라는 글자의 앞뒤를 바꾸면 행불이 되죠, 그죠? '불' 자의 'ㅜ'를 뒤집으면 행볼이 되고. 강제로, 'ㄹ'에서 'ㄷ' 부분을 버리면 그제야 '행복'이 완성되는데 조금 뒤집고, 조금 버리고 나면 불행이 행복으로 바뀔 수 있대요. 억지스럽다구요? 억지스럽지만 바꿔보는 것과 자연스럽게 그냥 내버려두는 것 중 어느 게 더 행복할까요. 제 이야긴 아니에요. 어디서 읽은 거예요."

그날 밤 술 때문인지 모르지만, 불행이 행복으로 바뀌었다.

*

“네, 아버지.”

“아침은 먹었냐.”

“아직요. 식사하셨어요?”

“했다.”

어릴 때부터 우리 집 아침은 늘 붕어빵이었다. 아버지는 아침 일찍 붕어빵 리어카를 끌고 나가 첫 붕어빵을 구워 스스로 아침을 해결하셨다. 단골이라도, 아무리 급한 손님이라도 아버지가 첫 붕어빵으로 아침을 먹은 뒤에야 붕어빵을 사갈 수 있었다. 첫 붕어빵을 구워 천천히 먹는 아버지의 모습은 절간의 아침 공양 같았다. 하긴, 바쁜 아침시간에 붕어빵을 찾는 손님은 많지도 않았고. 어릴 때 다른 집들도 아침으로 붕어빵을 먹는 줄 알았다. 조금 더 크고 나자 아침에 빵을 먹는 집들만 모두 붕어빵을 먹는 줄 알았다. 나는 아침을 스스로 해결할 수 있을 만큼 크고 나서 아침에 붕어빵 먹는 일을 그만뒀다. 아버지는 보나마나 지금도 그 습관을 유지하고 계시겠지.

출생의 비밀을 알게 된 후 아버지와 첫번째 대화다. 현지 말대로 머릿속에서는 여전히 아버지를 아버지라고 부르고 있었고, 아버지를 아버지라고 부르는 이상, 그는 내 아버지가 분명했다.

“.........”

“.........”

왜 전화하셨을까. 무슨 말을 해야 할지 모르겠다.

"니가 말한 도미빵을 먹어봤다."

"어디서요? 우리나라에서 파는 곳은 저도 본 적 없는데."

"남대문에서. 어떤 손님이 남대문에 파는 곳이 있다고 알려줘서 가봤다. 진짜 있더구나. 남대문 오번 출구로 나와서 시장 안쪽으로 계속 들어가니까 있더라."

"어떠셨어요?"

"한마리에 천원이더라. 비싸."

"가격 말구요, 맛이요."

"가격을 제외하고 맛을 따질 수 있을 것 같냐? 맛은 기본적으로야 재료와 기술에 달려 있지만 현실적으로는 정성과 인심, 가격에 달려 있다. 비싸다는 느낌이 들면 제아무리 맛있어도 다시 찾는 일은 드물다. 비싸지만 정말 맛있단 느낌을 주면 몰라도. 맛있는 음식에는 가격이나 재료, 기술 같은 것들을 초월하는 하나가 있다."

스승님의 말과 비슷한 면이 있는 것 같다. 같은 소리를 하고 있는 건가?

"그게 뭔데요?"

"영업 비밀이다."

"에이, 아들한테 그러지 마시죠. 뭔데요?"

"도미빵은."

"네."

"너무 두꺼운 틀로 굽는다. 요즘 붕어빵 중에서도 그런 틀을 사용하는 사람이 많던데 네 말을 듣고 보니 그것도 물 건너온 방법이 아닌가 싶다. 도미빵이 아니라 그 안에서 금속 주물도 만들 수 있을 것 같더라. 굽는다기보다 힘주어 찍어내듯 하는데 한줌의 밀가루도 도망가지 못하겠더라. 음식을 만드는 게 아니라 철판을 찍는 것 같더구나. 그래서 그런지 단단하고 힘이 있는 빵이었다. 그, 슈퍼에서 파는 속에 아이스크림이 든 냉동 붕어빵처럼 말이다. 강압에 의한 획일화를 보는 것 같아 마음이 아팠다. 팥앙금은 먹을 만한데 고구마와 그 뭐냐, 만주빵에 들어가는 거, 그건 영 아니더라. 달기만 하고."

"간단하게 말해서 마음에 안 드셨군요."

"………"

그럼 그렇지. 아버지는 말만 객관적인 것처럼 할 뿐이다. 아버지는 붕어빵 아이스크림이나, 아이스크림에 붕어빵을 얹어주는 걸 해괴하다고 여겼다.

"그런데 말이다."

"네."

"다시 데워주는 게 인상적이었다."

"아, 그거요?"

"구워놓은 도미빵을 틀에 넣고 잠깐 데워주더라. 금방 구운 게 없다면서. 왜, 붕어빵은 겉을 바삭하게 구워도 속은 촉촉하잖냐."

"금방 물기가 묻어나죠."

"그래, 도미빵은 그게 없더라. 겉면에 힘이 있어서 그렇겠지. 그러니까 다시 데울 수도 있을 테고. 속도 단단하고…… 강압에도 이유가 있다는 변명같이 데워주더라. 아, 타피오카인지 그걸 써서 건강에 좋다는데, 밀가루만으로 굽지 않는 것도 신기하더라. 근데 이건 그 집만 그런 거냐?"

"저도 잘 모르죠. 그래도 반쯤 인정하신 것 같네요. 하긴 도미빵은 붕어빵의 부모님 같은 존재니까. 도미빵 드신 거 보고하려고 아침부터 전화하셨어요?"

"고맙다."

"미안하진 않으세요?"

"너는 나한테 미안하냐?"

"음, 아뇨. 죄송한 마음이 전혀 없는 건 아닌데 사실 별로 죄송하진 않아요."

"나한테 고마운 건 없냐?"

"키워주신 거야 물론 감사하죠."

"나도 마찬가지다. 너한테 고맙고, 미안하진 않아. 그리고 말이다."

"네."

"그때 본 며느리가 찾아온 적이 있다. 난 걔가 참 마음에 들더라. 부부가 나란히 붕어빵을 굽는 것도 보기 좋을 것 같다. 두 사람 사이에 애까지 생겨 셋이 함께 붕어빵틀 앞에 있다면 한결 더 훈훈한 붕어빵이 될 수 있겠지."

"후, 아버지, 이만 끊을게요. 저 나갈 준비 해야 해요."

"오냐. 부담 가지라고 한 말이다만 너무 부담 갖진 마라."

역시 찾아갔었구나. 전화를 끊고 좌우로 목을 꺾었다. 목에서 두둑두둑 소리가 났다. 어젯밤 일이 꿈같다. 숙취 때문에 머리가 묵직했다. 보통은 숙취 속에서 어젯밤 기억을 의심하겠지만 나에게는 확실한 증인이 있다.

"몇시예요?"

"응 응, 더 자. 아직 일곱시밖에 안됐어."

현지가 이불 속으로 부스럭거리며 파고들어갔다. 귀를 막고 이불 속으로 파고들어가는 모습이 귀여웠다. 뒤에서 현지를 껴안다가 현지가 휘두른 팔꿈치에 코를 맞고 물러났다. 현지 가슴은 뽕이었다.

취향은 참 가벼운 것인가보다. 가슴과 상관없이 그저 좋았다.

*

현지는 이틀째 보이질 않고 잘못된 만남만 나타났다. 두 놈이 같이 왔다. 인상만 놓고 보면 박씨 아저씨보다 더한 놈 하나, 인상은 평범한데 어깨가 너무 잘 벌어진 놈 하나. 나쁜 놈들, 이렇게 뺏은 돈으로 고기 먹고 열심히 운동해서 더 훌륭한 깡패가 되겠지. 나는 고기 먹을 돈을 빼앗겨 풀만 먹고 더 약해져서 또 자릿세를 뜯길 거고.

"낼 거지?"

"네."

"선불이야."

"이번 달만 후불로 해주시면 안될까요? 아파서 장사를 오랫동안 못했거든요."

"거짓말."

"진짜예요…… 저, 그날 처음 봤잖아요. 그때 틀도 못쓰게 돼서 새로 사서 돈도 없구요, 이번 달만 후불로 해주시면 다음 달에 같이 드릴게요."

내가 내 돈을 주면서 왜 사정을 해야 하는 걸까. 나도 고기만 잘 먹었더라면. 저놈들도 머리가 있으면 사정을 봐줘야 지속 가능한 수탈이 가능하다는 걸 알겠지. 박씨 아저씨보다 더한 얼굴이 싱긋 웃었다.

"삼일 줄게."

"보름은 주셔야죠."

"왜, 보름 동안 다른 자리 알아보려고?"

저놈들 머리가 나보다 더 좋네?

"그럴 리가요. 여긴 제 마음의 고향과도 같은 곳이라서요. 고향을 마음대로 바꾸는 사람이 있나요, 하하하하."

"요즘은 많던데? 부모도 바꾸는 세상인데 삼일 뒤에 올게."

박씨 아저씨보다 더한 얼굴은 환하게 웃으며 손을 내밀었다. 한 손으로 잡기도 뭣하고 두 손으로 잡기도 이상하고. 누가 보면 친한 친구 사이인 줄 알겠다. 두 녀석이 사라지고 나자 한숨이 저절로 나왔다. 급하게 산 타꼬야끼 틀도 아직 익숙해지지 않았다. 틀이 조잡하면 아무 생각 없는 풀빵이 나온다. 방금 만든 타꼬야끼를 검은 봉지에 쏟아버렸다. 마음의 문제일까.

나흘째. 오늘도 보고 싶은 사람들은 보이지 않는다. 현지의 휴대전화는 계속 꺼져 있다. 내가 혼자 있었던 열흘 동안 계속 전화를 하고 문자메시지를 보내던 현지 마음을 알 것 같다. 내가 잠시 휴대전화를 켰을 때 우연히 현지 전화가 걸려왔던 일을 기대하며 짬짬이 현지에게 전화를 걸어보지만 소용없다. 우연은 역시 우연일까. 박씨 아저씨는 내일이나 돼야 나온단다.

오늘도 보고 싶은 사람들 대신 다른 사람이 왔다. 보고 싶단 생각도 안해본 사람이 왔다. 살아 있긴 했구먼.

"웬일이야?"

"왜, 내가 오면 안되냐?"

"오랜만이라 너무 반가워서."

철규는 정장 차림이었다. 취직했나? 남의 옷을 빌려 입은 것 같다. 깔끔하게 잘빠진 정장 느낌 대신 야근하다 지쳐 퇴근하는 중년의 분위기가 났다.

"나 여기 있는 건 어떻게 알았어?"

"동수한테 들었지."

"동수가 누군데?"

"……중학교 동기 동수 몰라? 됐다. 먹고살 만하냐?"

"상상도 못할 일들이 며칠 사이에 있었지."

"왜, 자릿세 받으러 온 놈들이라도 있냐?"

굴리기송곳이 연속해서 삑사리가 난 건 철규 때문이 아니라, 길들여지지 않은 타꼬야끼 틀 때문이다. 철규는 삑사리를 알아보지 못했다. 나는 원래 그런 것인 양 굴리기송곳으로 엉뚱한 곳을 긁어댔다.

"취직했나봐?"

"야, 흠, 흠. 나 연수원 들어간다."

"취직했어? 축하해."

"사, 법, 연수원 들어간다."

철규가 '사법'에 힘을 주어 말했다. 그럴 줄 알았다. 자랑하고 싶은 게 있으니 찾아왔겠지. 거의 십년 만에 철규 얼굴을 본다. 그나마 이상한 다단계에 끌어들이거나 정수기 한대 사달라고 찾아온 친구가 아니라서 다행이다. 타꼬야끼 트럭에 정수기 둘 자리도 없다. 법조인 친구 하나 있어서 손해 볼 건 없겠지. 응? 법조인 친구?

"와, 진짜 축하한다. 내가 다른 애들은 몰라도 철규 넌 꼭 성공할 줄 알았어. 독한 녀석, 아니 끈기 있는 녀석. 그럼 판사님 되는 거야?"

"어, 고맙다. 혹시 괴롭히는 애들 있으면 말만 해."

"진짜? 진짜지? 진짜 니가 해결해줄 수 있지?"

"그, 그래 진짜지. 뭘 그 정도 가지고."

마지막으로 철규를 봤을 때 조금 더 따뜻하게 대해주지 못한 내가 원망스러웠다. 그때 붕어빵 아홉마리 값을 받지 말걸. 기억이 흐릿하다. 아냐, 받지 않았을지도 모르지. 철규야, 넌 정말 환한 빛이 되었구나. 그 빛 좀 나누어다오.

스무살 때 그날과 비교하면 지금 달라진 건 붕어빵과 타꼬야끼일 뿐이다. 그런데 잠깐, 아주 잠깐이지만 내가 철규보다 줄어든 기분이 들었다. 철규가 출세해서? 예전에는 출세를 부러워하지 않았다. 성공한 사람들을 보면서 좋겠네, 정도의 생각은 들었지만 그렇다고 붕어빵이나 타꼬야끼를 굽는 게 초라하다고 생각해본 적은 없었다. 철규는 예전에 없던 기묘한 분위기를 풍겼다. 좋은 느낌은 아니었다. 부러운 느낌도 아니고.

철규에게 깡패들 이야기를 했다. 철규는 호기롭게 자기가 해결해주겠다고 했다.

"내일 그놈들 월세 받으러 올 건데."

"그래? 그놈들 참, 내일도 만날 사람이 많은데…… 시험 붙으니까 갑자기 다들 찾더라고, 하하하. 까짓 것 동창 좋다는 게 뭐냐. 내일 몇시라고?"

"지난번에 세시쯤 왔거든. 미안한데 언제 올지 모르니 한시부터 와줄 수 있을까? 혹시 그전에 오면 시간 끌고 있을게. 점심은 어렵고 저녁 장사 일찍 마치고 밥 살게."

"밥은 무슨. 알겠다. 걱정 말고 내일 보자. 꼭, 꼭 나올게."

무슨 불법적인 걸 부탁하는 것도 아니고 깡패 놈들 쫓아내는 건데, 뭘. 아버지도 친하고, 초·중·고 동창이잖아. 중학교 때 내 키가 더 컸다고 철규를 때린 적도 없고, 철규 부탁대로 어디 가서 철규 아버지가 뻥튀기를 한다고 떠들지도 않았고. 생각해보니 나는 썩 괜찮은 친구였다. 그나저나 현지는 언제쯤 연락이 될까.

*

"잊었나보군…… 그래, 내가 이 바닥을 떠난 지도 오래되었지…… 부탁이네, 조용히 살고 싶군. 자네 보스에게 전해. 난 손 씻었다고."

허공에서 내레이션이 들리는 것 같았다. 오랜만에 만난 박씨 아저씨는 초췌해서 더 멋있었다. 천천히 순대 트럭에서 내리고, 탁 하고 차 문을 닫았다. 그 소리가 장엄하게 길가에 울렸다. 깡패 놈들은 트럭에서 내리는 박씨 아저씨를 보자마자 긴장한 모습이 역력했다. 박씨 아저씨는 귀찮다는 얼굴 반, 피곤하다는 얼굴 반으로 그 놈들을 쳐다봤다. 산적 같은 얼굴에서도 우수가 묻어났다. 산적과 우수가 서로 가까운 말이었구나.

가치를 결정하는 건 진부한가 산뜻한가가 아니라 필요의 문제였다. '이 바닥'을 떠나고 '깨끗하게 손도 씻은' 사연을 품은 남자의 카리스마. 잘못된 길에서 내려 성실하게 하루하루를 살아가는 사람. 환상은 보이는 게 아니라 상상하는 것. 나는 마음껏 상상했고 박씨 아저씨는 내 상상 속에서 전설적인 인물이 되어버렸다.

어깨가 넓은 녀석이 먼저 박씨 아저씨에게 다가가는데 묘하게 걸어가는 모습이 공손했다. 박씨 아저씨가 뭐라고 말하자 이번에는 인상 더러운 녀석이 걸어갔다. 셋이서 잠깐 이야기를 하더니, 박씨 아저씨가 휴대전화를 꺼내 어두운 얼굴로 어디론가 전화를 걸었다. 옛 동료? 옛 부하? 박씨 아저씨 나이가 많긴 하지만 당장 현역으로 뛰어도 될 것 같은데. 세상이 날 조용하게 살도록 놔두지를 않는군. 타꼬야끼 청년, 마지막으로 한건만 해달라고 부탁하니 어쩔 수 없지. 혹 내가 돌아오지 못한다면 내 아들 녀석을 자네에게 부탁하네. 혼자 타꼬야끼 틀 위에 반죽 대신 상상을 줄줄 붓고 있는데 그놈들이 돌아와 월세 봉투를 돌려주었다.

"받아."

"네."

"잘 지내. 건강하고."

오랜 친구 사이 같다. 그놈들은 장사 잘되길 바란다며 덕담까지 하고 사라졌다. 깡패 놈들이 월세 받으러 오기 두시간 전부터 철규 녀석에게 전화를 했지만 소용이 없었다. 녀석의 휴대전화는 꺼져 있었다. 휴대전화 꺼두는 게 무슨 유행인가.

"형님!"

"어어, 잘 지냈어? 며칠 못 봤는데 몇년 만에 본 것 같아."

"형님 얼굴이 많이 축나신 것 같아요. 괜찮으세요?"

"자네야말로 얼굴이 많이 변했는데, 뭘. 내 나이쯤 되면 별것 아닌 것 가지고 질질 아프기도 하는 거야. 자네도 앉아서 타꼬야끼만 굽지 말고 미리미리 건강 챙겨. 운동이 제일이야. 밥이 보약이라지만 운동보다 더 좋은 보약은 못 봤어. 운동도 약이니 먹기 싫은 게 문제지만 건강하지 않으면 순대를 잘 썰 수 없지, 허허헛."

"네, 형님! 운동 열심히할게요! 정말 운동 열심히할게요. 내일부터 헬스도 끊고 등산도 다닐 거예요. 형님, 감사합니다!"

"뭘, 허허헛."

박씨 아저씨는 별것 아니라는 듯 겸허하고 따뜻한 표정으로 웃은 뒤 장사 준비를 했다. 이 일을 대수롭지 않게 생각하는 박씨 아저씨의 등 뒤에서 후광이 비쳤다.

어떻게 한 건지 물으면 박씨 아저씨의 존엄에 누가 될까. '자네가 알 일이 아니야. 자네가 알면 다쳐'라거나 '후후. 세상에는 많고 많은 눈물이 있는 법이지'라고 대답할 것 같았다. 박씨 아저씨가 무슨 말을 해도 명언이 될 것 같다. 그동안의 정리가 있는데 물어봤다고 때리진 않을 거고.

박씨 아저씨에게 낮에 있었던 사건을 물은 건 그날 밤 장사를 끝낼 무렵이었다. 박씨 아저씨가 들어갈 거라고 해서 짐 챙기는 걸 도왔다. 나는 사십분 전부터 반죽이 다 떨어져 라디오만 듣고 있었다.

"형님, 어떻게 하신 거예요?"

"허허, 별것 있나."

"그놈들이 찍소리도 못하고 가던걸요. 형님, 말도 마세요. 그놈들이 얼마나 악랄한 놈들이라고요. 이제 도나쓰 형님도 나오실 수 있겠네요. 제 친구 놈은 도와주겠다고 하고선 연락도 없고…… 처음 봤을 때부터 형님이 보통 분이 아니라고 생각했어요. 진심입니다."

진심이다. 인육 만두…… 박씨 아저씨가 쟤들보다 백 배는 더 무서웠다. 쟤들은 그래도 내 허벅지가 아니라 돈을 탐내니.

"별것 없다는데도, 허허."

"어떻게 하신 거예요? 역시 전설? 다시 피바람이 몰아치고, 조직 대 조직의 싸움이라거나……"

"아냐, 쟤네 두목이 내 중학교 동창이야. 그때는 잘 몰랐는데 나중에 친해졌어. 쟤들은 새로 배치돼서 잘 몰랐다네."

타꼬야끼라도 괜찮아

그렇게 자랑하더니 재수도 없는 녀석. 잘못한 것도 없는데 김영감님의 얼굴을 바로 볼 수 없었다. 철규의 장례식장에서 아버지를 다시 만났다. 아버지를 장례식장에서 보게 될 줄이야. 뻘쭘한데 같이 올걸.

아버지가 검은 정장 입은 모습을 처음 봤다. 어깨 부분이 너무 많이 남아 검은 자루를 뒤집어쓴 것 같았다. 살이 많이 빠지셨구나. 붕어빵 좀 그만 드시고 밥 좀 잘 챙겨 드시지. 장례식장에 온 사람들은 대부분 아버지뻘 되는 분들이었다. 철규의 영정사진은 증명사진을 확대한 것 같았다. 무표정한 가운데 어색한 웃음이 지나가는 얼굴. 이틀 전 십년 만에 봤던 녀석을 다시 만나러 장례식장에 왔다.

"밥 먹고 가지 그러냐."

"잠깐 바람만 쐬고 오려구요."

장례식장 입구로 나오기도 전에 마지막 남은 담배를 꺼내들고 빈 갑을 구겼다. 차가운 바깥공기를 마시기도 전에 담배에 불을 붙였다. 불도 지지리 안 붙었다. 반쯤 피우는데 낯익은 목소리를 들었다.

"어이, 불 좀."

누구지? 그에게서 익숙한 분위기를 느꼈다. 지친 얼굴, 짙게 밴 담배 냄새. 항상 지친 얼굴이었고 늘 담배 냄새를 풍겨서 우리를 괴롭게 만든 사람. 니코틴 전도사. 반사적으로 피우던 담배를 뒤로 숨겼다.

"선생님."

"피워. 졸업한 지가 언젠데. 너희들 화장실에서 숨어 피운 것도 다 안다."

오래전 열흘에 한번쯤 붕어빵을 사가던 담임은 조금 더 늙은 듯 보이는 얼굴만 빼면 과거에서 불쑥 나타난 사람 같았다. 변한 건 담임이 즐겨 피우던 담배가 가늘고 긴 것으로 바뀐 정도였다. 우리 담배를 빼앗아가면서 취향 운운하며 실망하던 담임의 얼굴이 떠올랐다.

"잘 지내셨어요?"

"학교는 느리게 변하잖냐. 언론에서 떠들어봐야 학교는 엇비슷해. 너 가르칠 때랑 뭐. 요즘도 붕어빵 굽냐? 아직도 가끔 교무실에서 붕어빵 이야기가 나와. 맛있었다고."

"이제 타꼬야끼 구워요."

"왜?"

"타꼬야끼가 더 좋아서요."

예나 지금이나 담임하고 할 말이 없다. 담배를 한대 더 피우기도 겸연쩍은데 담배가 다 떨어졌다. 담임이 느리게 담배만 빨아댔다. 으으, 바람도 차가운데. 담임은 담배 한대를 천천히 피우고 나서 한숨을 쉬었다.

"너도 차 조심해라."

"교통사고라면서요?"

"입대도 얼마 안 남은 녀석이, 술 먹고 무단횡단하다 사고 나서 보상도 그저 그렇다더라. 나이 먹고 군대 끌려가니 서글프긴 했겠지만."

"입대요?"

"나이 먹고 사병으로 간다고…… 몰랐냐? 하긴, 너희 둘이 별로 안 친했지 아마. 너희 아버님도 학교 오시면 철규 이야기 하고 철규 아버님도 학교 오시면 네 이야기를 하는데 둘이 같이 다니는 걸 한번도 못 봤지 아마. 하긴, 부모님끼리 친하다고 꼭 자식들도 친할 수는 없지. 우정이 상속되는 것도 아니고."

별걸 다 기억하고 계시는군. 담임은 다시 담배를 꺼냈다. 입대. 교통사고. 멍청한 놈. 붕어빵도 잘 먹고 낮술도 잘 마시던 녀석이, 보란 듯이 잘나가겠다던 녀석이 급하게 세상이란 방을 나가버렸다.

가끔, 가끔 나보고 부럽다고 말하는 친구들이 있었다. 취직도 안 되는 시대에 어엿한 자기 장사 아니냐며 떠들었지만 그들의 눈은 다른 곳을 보고 있었다. 말로는 부럽다고 하면서도 자신은 대학까지 나왔는데, 취직만 되면, 하는 표정이었다. 기분이 좋은 건 아니었지만 크게 신경 쓰지 않았다. 남이 뭐라건 내 일은 내 일이니까. 그저 대놓고 하고 싶은 말을 하던 철규가 귀여웠다. 근데 먼저 세상 졸업장을 땄다 이거지.

"불 좀."

담배 한대 얻고 싶었지만 차마 할 수 없었다. 담임과 담배라. 두 번이나 불을 빌려줬으니 한대쯤 얻어 피워도 되겠지만 때릴지도 모르잖아. 바람 때문에 라이터 불이 잘 켜지지 않았다. 담임의 몽둥이는 침착하게 매섭기로 유명했다. 맞는 사람이 뻗건 말건 담담하게 몽둥이가 소신을 다했다.

"근데 어떻게 알고 오셨어요?"

"너보다 철규가 정 많은 녀석 아니냐. 철규는 누구랑 달리 학교에 자주 찾아왔거든. 선배와의 대화라고, 왜 명문대 간 선배들이 와서 학교 홍보도 할 겸 후배들 자극받으라고 오잖냐. 철규가 대학 가고 나서 한 사오년 동안 빠지지 않고 왔다. 고시공부 하면서도 오고. 철규 아버님이 전화 주시더라."

"그거 자기 대학 자랑하러 온 거잖아요. 정이 아니라."

"자기만족이더라도 후배들도 좋고, 선생님들도 좋고, 철규 마음도 좋은 일 아니냐? 거짓말같이 들리겠지만 난 너가 붕어빵 솜씨 자랑하러 와도 좋겠다고 생각했다. 춥다, 그만 들어가자."

*

"지금 거신 전화는 결번입니다. 다시 확인하고 걸어주십시오."

결국 현지에게 연락할 방법이 사라졌다. 결국 휴대전화 번호를 바꿨다.

손님이 뜸한 시간에 대학교 도서관 앞에서 얼쩡거려봤다. 현지와 뒷모습이 꼭 닮은 빨간 코트를 입은 여자를 보고 소리쳐 불렀지만 그녀는 아주 잠깐 멈춰섰다가 도서관으로 들어가버렸다. 내 목소리가 너무 커서 멈춘 건지 현지가 맞았는지 알 수 없었다. 학생증이 없는 외부인은 출입이 금지되어 있었고 사정을 해도 소용없었다. 경비가 바뀌었을 때 학생증을 두고 왔다고 거짓말도 해봤지만 이름과 학번을 적으라고 했다. 대충 적었다가 바로 들켰다. 착해 보이는 학생한테 학번이 어떤 형식이냐고 물어봤다가 그 학생이 다른 경비에게 신고해서 바로 도망쳤다. 밤에 타꼬야끼 사러 오는 단골손님들한테 슬쩍 물어봐야 하나. 몇년 동안 대학 주변에서 장사했지만 생각보다 대학 문턱은 높았다. 그뒤로 도서관을 기웃거렸지만 현지의 뒷모습은커녕 비슷한 코트를 입은 여자도 볼 수 없었다.

역시 여자와 인연이 없는 인생일까. 하느님, 너무한 거 아닙니까. 아침에 일어나서 밥도 잘 먹고 커피도 마시고 잘 헤어졌는데 잠적이라니요. 하느님을 탓할 게 아니라 현지 탓을 해야 하는데 그러긴 싫었다. 하루종일 혼자 타꼬야끼를 굴리려니 많이 허전했다. 예전에는 온종일 앉아 있어도 지겹다는 생각은 들지 않았다. 대체 내가 뭘 잘못한 거지.

현지와 함께 있었던 시간을 계산해봤다. 하루 두시간씩 석달 정도. 주말 빼고. 교육을 빙자한 데이트 한번. 술자리 한번. 시간으로 합치면 얼마나 될까? 처음에는 큰 가슴 때문이었는데 지금은 그냥 현지가 보고 싶었다. 같이 자고 나서 상대를 사랑하게 되는 건 주로 여자들인 줄 알았는데 남자들의 착각이었나보다. 에이, 사랑?

소개팅도 몇번 했고 선도 한두번 봤다. 여자를 만나본 적은 있지만 잘되지 않았다. 연애가 가끔 생각났지만 붕어빵이나 타꼬야끼가 더 좋았다. 남자에게 특별한 생각이 든 적도 없으니 취향 문제도 아니었다. 그저 풀빵이 더 좋았을 뿐인데. 연애하지 못하는 자, 유죄. 솔로가 백수만큼 부끄러운 시대라지만 내가 타꼬야끼 굽는 걸 부끄러워하지 않는 것처럼 여자친구가 없는 것이 아무렇지도 않다면 그만이다. 문제는 부끄러움이 아니라 현지다. 그래서 어디 있는 거지.

군대에서 전역하고 나서 붕어빵의 세계가 무너졌던 것처럼, 타꼬야끼의 세계에 작은 균열이 엿보였다. 아니다. 현지 생각이 난다고 해서 타꼬야끼의 세계가 붕괴되는 건 아니겠지. 타꼬야끼의 세계가 아니라 내 마음에 금이 간 것이다. 더이상 현지를 만날 수 없다고 생각하니 타꼬야끼에 집중이 잘되지 않았다. 달리 마음먹는다고 나아질 것도 아니었다.

*

한달이 금방 지나갔다. 다시 박씨 아저씨, 윤씨 아저씨와 점심을 먹기 시작했고 박씨 아저씨는 무슨 일이냐고, 왜 현지가 안 오느냐고 몇번 묻다가 윤씨 아저씨가 쿡쿡 찌르자 그뒤로 묻지 않았다. 봄이 되자 날도 풀렸다. '일년 내내 맛있게 먹을 수 있는 타꼬야끼'가 내 목표였지만 날씨가 따뜻한 날에는 추운 날의 절반 정도밖에 안 팔렸다. 이게 다 타꼬야끼 틀 때문이야. 예전에는 이 정도는 아니었는데. 경기가 나쁠수록 풀빵은 더 잘 팔렸다.

타꼬야끼가 겨울보다 덜 팔리는 걸 빼면 다시 예전과 비슷한 날이었다. 열시쯤 일어나고, 씻고 이십분 달려서 출근하고 장사하다가 박씨 아저씨가 오고, 박씨 아저씨가 오면 같이 점심을 먹고 장사하다가 다시 저녁 먹고, 윤씨 아저씨는 정신 차려보면 없고, 박씨 아저씨보다 삼십분쯤 빨리 내가 퇴근하고, 집에 가면 다음 날 쓸 반죽이랑 재료랑 준비해두고 자고.

못 보던 손님들, 새내기들이 늘어났다. 취업난이다, 대학교 일학년 때부터 자격증 따느라 바쁘다 어쩐다 해도 낮술을 먹는 일학년들은 늘 있었다. 낮술을 먹고 배가 고파 오는 새내기들 얼굴에 철규가 겹쳐 보였다. 살아 있었으면 낮술이나 먹지. 두껍고 무거운 책을 들고 타꼬야끼를 사가는 학생들을 보면 현지 생각이 났다. 넌 대체 어딜 간 거니.

“넌 내 생각은 나지도 않냐.”

“아버지는 제 생각 나세요?”

“생각나니까 전화했지.”

“원래 내리사랑은 있어도 치사랑은 없는 법이라잖아요.”

“장사는 잘되냐?”

“엄청 잘돼요. 지금도 전화 받을 틈이 없어요.”

“손님도 없으면서. 나까무라한테서 편지가 왔다.”

“스승님이요? 왜 거기로?”

“지금 너 사는 주소를 잃어버렸단다. 옛날에 너 취업비자인가 뭔가 받은 그 주소가 우리 집이잖냐. 그래서 여기로 편지했다고 하더구나.”

“어, 아버지 히라가나 읽을 줄 아세요?”

“김영감이 읽을 줄 안다. 김영감 저렇게 보여도 고등학교까지 나온 사람이야. 당시 고등학교 나왔으면 지금 대학 졸업만큼 되지.”

“이번 주 일요일에 편지 가지러 갈게요.”

“금요일에 오면 안되겠냐?”

“장사해야죠. 급한 편지예요?”

“편지는 급하지 않지.”

“그럼 다음에 갈게요.”

“나까무라가 금요일에 온다.”

“네?”

“편지 처음 왔을 때 한국에 올 생각이 있다고 하길래 초대했다. 김영감이 몇번 편지를 써줬는데 철규 놈 죽고 나니 계속 부탁하기도 뭣해서 마지막으로 부탁하면서 아예 초대를 했다. 김영감, 요즘 힘들다.”

“뭐예요 진짜. 처음 편지 온 게 언제예요? 금요일이면 모레잖아요?”

“출생의 비밀이 폭로된 다음 날. 너는 네 출생의 비밀을 알고, 나는 붕어빵의 출생의 비밀을 알았다.”

“그런데 이때까지 왜 말씀 안하셨어요?”

“바로 전해주려고 했지만 네 전화기가 꺼져 있던데. 그다음엔 괘씸하기도 하고 일본 풀빵이 생각나기도 하고…… 철규 장례식 때 이야기하려고 했는데 까먹었다. 김영감 볼 낯이 없어서…… 어쨌든 나까무라가 금요일 점심때 인천공항으로 오기로 했다. 어차피 너 바쁜 일이 뭐 있겠냐.”

“장사해야죠, 장사.”

“선생이 오는 날인데 며칠쯤 쉬렴.”

“아버지는 명절날에도 안 쉬잖아요.”

“넌 원래 쉬고 싶으면 쉬었잖아. 새삼스럽게 굴지 마라.”

“아버지, 전화 끊을게요.”

아버지 전화를 끊고 곧바로 스승님에게 전화를 걸었다. 한참 신호가 가고 나서 스승님이 전화를 받았다. 신호가 가는 동안 초조하고 당황스러워서 미칠 것 같았다.

"스승님, 죄송합니다. 정말 죄송합니다."

"신상, 뭐가 죄송하다는 건지 모르겠습니다."

"저희 아버지가 노망이 나서…… 그게, 이때까지 보낸 편지는 제가 보낸 게 아닙니다. 저도 방금 아버지한테서 전화로 듣고 알았습니다. 아니, 손목은 괜찮으신지요?"

"네, 신상의 아버님이 편지를 하셨습니다. 잘 압니다."

"네?"

"신상하고 연락이 잘 안된다며, 아버님이 편지를 보내오셨습니다. 아버님의 편지로 신상이 왜 연락이 안되는지도 알았습니다. 어머님 일은, 뭐라고 말해야 하는지 잘 모르겠습니다. 아버님은 대수롭지 않다는 듯이 쓰셨지만 분명 신상에게 충격적인 일이었을 테니까요. 이해한다는 말은 거짓말이겠지만 공감하는 중입니다."

영감탱이.

"아버님과 편지를 주고받는 것도 즐거웠습니다. 한국 붕어빵의 명인과 필담을 나눌 수 있는 기회는 흔치 않으니까요. 많은 부분 공감하기도 하고, 견해 차이도 있었지만 내 스승님과 비슷한 느낌도 받았습니다. 달인은 역시 비슷한 걸까요. 신상, 섭섭하게 생각하지 마세요. 이번에 한국으로 가는 건 신상이 아니라 신상 아버님을 만나기 위해 가는 겁니다. 물론 신상과 만나는 것도 기쁜 일이지만요."

이놈의 영감탱이.

"곧 신상 아버님과 신상을 만날 수 있다고 생각하니 가슴이 설렙니다. 아버님께서 서로 견식을 넓히자고 하셨지만 일본 타꼬야끼의 자존심도 걸린 일인 만큼 최선을 다할 겁니다."

내가 무심했던 탓이다. 내가 게을렀던 탓이다. 노망이라니, 아버지.

*

처음으로 공항에 누군가를 마중 나갔다. 타꼬야끼가 그려진 커다란 피켓이라도 하나 들고 있고 싶었다. 스승님이 오시는 건 분명 반가운 일인데 반가워할 수만은 없는 이 심정. 아버지는 태연하게 내 옆에 앉아 있었다. 슬쩍 아버지를 발로 쳐봐도 날 쳐다보지도 않았다.

"장사 안하세요?"

"언제부터 그렇게 내 일에 관심을 가진 거냐?"

"하루도 빠짐없이 붕어빵 굽는 건 아버지 고집 아니셨어요?"

"고집은 누구나 지킬 수 있다. 하지만 바뀔 수도 있지. 바뀐다고 벌금 무는 거 아니다. 조금 더 나아진다면, 그때 고집은 고집이 아니다. 자신감이지. 너도 자신감을 갖도록 해라."

"아버지 때문에 차도 못 몰고 왔잖아요. 아버지만 없으면 내 차로 모시면 되는데."

"먼 곳에서 온 손님이다. 그 좁은 고물 트럭이 뭐냐. 택시 타고 가자."

칸사이 공항에서 스승님이 날 배웅했던 게 생각났다. 그 모습이 마지막일 거라고 생각하진 않았지만 이번에는 내가 스승님을 인천 공항에서 기다리고 있다.

스승님이 탄 비행기가 도착했다. 멀리서 스승님이 느껴졌다. 아무리 먼 곳에 있어도 본능적으로 알 수 있는 움직임. 마치 핏줄을 알아보듯이. 얼마 만에 뵙는 스승님인지…… 스승님도 세월 앞에서 자유롭지 못했다. 스승님을 처음 만났을 때, 그 온화하면서 화려하던 모습에 살짝 금이 가 있었다. 그런데 그 금 때문에 스승님이 더욱 성숙해 보였다.

"스승님!"

"스승님?"

아버지는 기가 막힌 듯 되물었다. 나는 스승님을 끌어안은 뒤 캐리어를 받고, 스승님을 아버지 앞으로 모셔왔다. 스승님이 아버지에게 정중하게 허리를 굽히고 인사를 했다.

"뭐 하세요. 인사하셔야죠, 아버지."

"이 사람이 진짜 네 스승님이란 말이냐?"

"네, 무슨 문제라도?"

"너랑 몇살 차이도 안 나 보이는데?"

"안녕하십니까. 예, 신상보다 세살 많습니다. 처음 뵙겠습니다."

아버지, 뒤통수는 아버지만 칠 줄 아는 게 아닙니다. 참, 아버지, 스승님은 유창하진 않지만 우리말도 할 줄 알아요.

"죄송합니다, 스승님. 아버지가 삐치셔서……"

"괜찮습니다. 다른 나라의 지하철도 타보고 싶었습니다. 서울 지하철은 전세계에서 손꼽힌다고 들었습니다."

택시를 타자던 아버지는 갑자기 지하철이 더 빠르다며 짐도 별로 없고 이 시간에 사람도 없으니 지하철을 타자고 우겼다. 아버지는 혼자 반대편 자리에 앉아 입을 꽉 다물었다. 하필이면 지하철 안에 사람도 별로 없었다. 한참 만에 아버지가 입을 열었다.

"그럼, 재일교포……?"

"아닙니다. 어릴 때 엄마의 할머니 밑에서 자랐는데, 그분이 한국인이셨습니다. 그분의 남편은 일본인이셨구요."

"어쨌든 한국인의 피가 흐른다는 거네. 그럼 교포 맞구만. 우리말도 할 줄 알고."

"아닙니다. 난 일본인입니다."

"아버지, 왜 남의 정체성을 억지로 바꾸려고 드세요."

아버지에게 눈짓을 보냈다. 다시 아버지는 입을 다물었다. 피가 얼마나 흐르느냐가 무슨 문제라고. 그게 진짜 피인지도 모르는 건데. 스승님 앞에서 얼굴이 다 화끈거렸다.

"설마 한글도 쓸 줄 아시오?"

"조금 읽고 조금 쓸 줄 압니다."

"진작 이야길 하지. 그랬으면 힘들게 일본어로 쓰지 않아도 되었을 텐데. 잘 먹지도 않는 뻥튀기만 잔뜩 샀군."

"어, 난 신상 아버님이 일본어를 잘하시는 줄 알았습니다."

"아버지, 아무리 보디랭귀지가 만국공용어고 요리를 배우는 거라지만 제가 무슨 수로 스승님께 배웠겠어요? 저 지금도 일본어 잘 몰라요."

스승님 만세. 아버지도 저한테 물어본 적 없고, 저도 속인 적은 없어요. 아버지는 모든 말이 다 막히고 나자 다시 골똘히 생각에 잠겼다. 뭔가 불안하다. 아버지는 내일 보자고 하고는 환승역에서 먼저 사라졌다.

*

"스승님, 이게 다 뭡니까?"

"아, 신상에게 재료를 빌려도 좋겠지만 직접 가져왔습니다. 얼마 되지 않으니까요. 타꼬야끼 틀과 이것저것 챙겨왔습니다. 나머지 장비들은 짐 속에 넣어올 수가 없어서 신상에게 부탁하겠습니다."

"저, 스승님 사실…… 스승님이 주신 타꼬야끼 틀이 깨졌습니다."

"어쩌다가? 일부러 깨려고 해도 쉽지 않을 텐데요."

"그게……"

그동안 있었던 이야기를 늘어놓았다. 방송국에서 촬영을 했다가 아예 잘린 것, 현지를 제자로 받은 일, 박씨 아저씨 덕분에 자릿세를 내지 않고 넘어갔던 일…… 몇년 동안 있었던 일을 이야기하는데, 막상 하고 보니 현지에 관한 내용이 대부분이었다.

"그래서, 찾았습니까?"

"아니요, 연락할 방법이 없어서…… 제가 현지에 대해 너무 모르고 있었단 생각이 듭니다."

"그게 아니라, 타꼬야끼의 정수 말입니다. 신상은 현지라는 제자를 많이 좋아하나봅니다. 신상이 그렇게 찾던 타꼬야끼를 깨달았는지 묻고 싶습니다."

"아직 모르겠습니다. 차이가 있어야 된다는 것도 알고, 한알 한알에 차이를 주는 법도 많이 깨달았습니다. 그런데 스승님이 말씀하시는 그 타꼬야끼의 세계에 대해서는 여전히…… 참, 저번에 전화했을 때 이제 손목 괜찮으시다더니 여전히 붕대를 감고 계시네요."

"그 저번이 언제인가요…… 반년 전부터 다시 조금씩 결리는 느낌이 들었습니다. 혹시 몰라서 붕대를 감고 왔습니다. 캐리어를 양손으로 교대로 끌어야 되기도 하구요. 아, 신상의 무정함을 비난하는 건 아닙니다."

할 말이 없다. 제자는 늘 스승을 배반하는 거라지만 요즘 같은 세상에 이메일이 어렵지도 않은데.

"신상, 괜찮다면, 신상이 타꼬야끼를 굴리는 모습을 보고 싶습니다."

"스승님, 피곤하지 않으십니까?"

"괜찮습니다."

스승님이 빙긋이 웃었다.

*

"몇알짜리로 할까요?"

"한 판을 다 굽고, 여섯알짜리로 하지요. 쏘스 없이 그대로 부탁합니다. 신상 것도 함께."

오랜만에 스승님 앞에서 타꼬야끼를 굴리려니 입이 말랐다. 수능시험을 치는 기분이었다. 대학에 갈 생각은 없었지만 입시와 무관하게 내 노력의 결과를 검증해보고 싶었다. 수능시험 날 다른 친구들보다 더 긴장했던 기억이 났다. 스승님은 트럭 앞에서 묵묵히 나를 바라봤다. 마치 늦은 밤 집에 돌아가기 전에 타꼬야끼를 기다리는 손님처럼.

달걀의 상태가 좋아서 반죽이 잘되었다. 혼다시도 적절하게 들어가 간이 맞았다. 손가락으로 반죽을 떨어뜨려보니 끈기도 적당했다. 나는 반죽을 조금 되게 하는 나쁜 습관이 있다. 내 느낌보다 조금 더 묽게. 그래, 반죽은 분명 괜찮다.

타꼬야끼 틀이 마음에 걸렸다. 한달 남짓 써서 손에 익긴 했지만 타꼬야끼를 굴릴 때 손목에 와닿는 저항이 깔끔하지 않았다. 욕심내지 말고, 일타일피. 피 구멍 하나에 기름을 한번씩 깔끔하게 찍자. 신중하면서도 빠르게. 잡생각 때문인지 어깨가 조금 떨려서 그런 건지 좌 둘 우 삼에 기름이 부족했고 좌 둘 우 둘은 기름이 너무 많았다. 어디서 봤던 것 같다. 기름을 덧칠할 수 있을까. 덧칠은 곧 망설임인데. 좌 둘 우 삼에 기름을 스치듯이 덧발랐다. 좌 둘 우 삼,

성공. 이제 망설이지 말자. 제발 어깨에 힘 좀 빼자.

반죽을 충분히 부었다. 반죽 위에 잘게 썬 파와 양배추, 새우 가루와 튀김 부스러기, 초절임 생강을 넣었다. 반죽이 익는 냄새를 맡으니 긴장이 조금 풀렸다. 이봐, 여긴 홈그라운드야, 홈그라운드. 긴장하지 마. 가장 중요한 문어를 꺼냈다.

"스승님, 변명이 아니라 문어 상태가 그리 좋진 않습니다. 죄송합니다."

"이해합니다. 다른 재료와 달리 문어야 항상 좋을 수 없으니까요. 최상이 아니라도 신상 실력이면 문어의 맛을 끝까지 끌어낼 수 있을 겁니다. 언제나 최상을 요구하는 건 가혹하지요."

스승님의 격려를 들으니 한층 힘이 났다. 타꼬야끼 아랫부분들이 어느정도 익었다. 굴리기송곳으로 빠르게 굴렸다. 빠르면서, 자연스럽게. 완벽에 가까운 공 모양이 될 수 있게.

슥, 스슥, 타꼬야끼를 굴리는 소리만 들렸다. 이따금 멀리서 자동차 지나가는 소리가 들려왔다.

타꼬야끼가 다 구워졌다. 아까 기름이 많았던 구멍에서 먼 쪽에 있는 타꼬야끼부터 자연스럽게 종이상자에 담아냈다. 내 것도 종이상자에 담았다. 이때까지 만든 타꼬야끼 중 최고라고 말할 수는 없어도 스승님 앞에 내놓기 부끄러운 타꼬야끼는 아니다. 긴장은 사라지고 그만큼의 자신감이 차올랐다.

스승님에게 타꼬야끼를 내밀면서 나도 모르게 '이천원입니다'라고 할 뻔했다. 스승님과 나는 마주 보며 타꼬야끼 한알을 들어올렸다. 스승님은 아무 말 없이 조용히 여섯알을 천천히 드셨고 나도 스승님이 드시는 속도에 맞춰 타꼬야끼를 먹었다. 그래, 최고는 아니라도 잘 구워졌다. 어디 내놓아도 부끄럽지 않을 타꼬야끼 맛이었다.

"신상."

"스승님."

"고맙습니다."

웃고 있는 스승님의 눈이 촉촉했다. 스승님의 촉촉한 눈을 보자 현지가 술 마시며 울던 기억이 났다.

*

지난번 그 피디가 와 있었다. 그때는 없었던, 티브이 음식 프로그램에서 많이 본 미인 리포터도 와 있었다. 리포터는 얼굴이 타꼬야끼만하구나. 리포터를 보자 또 현지가 생각났다. 이 광경을 본다면 기운이 나지 않을까. 어디 숨어서 몰래 보고 있으면 좋겠다. 그나저나 아버지, 무슨 생각이세요?

피디는 아버지의 붕어빵이 최고라며 떠들고 있었다. 내가 아버지 옆으로 다가가자 피디는 나를 보고 잠시 입을 다물었다.

"아버지 능력 좋으신데요? 단골손님이 피디라니."

"모든 손님은 두번째부터 단골이다."

"전, 이만 촬영 준비하러…… 오늘은 꼭 방송에 나갈 겁니다."

“그런 거 말구요, 무슨 생각이세요?”

“넌 내가 장난이라도 친다고 생각하겠지만, 그저 확인해보고 싶을 뿐이다. 네 스……승에게 악감정을 갖고 있는 것도 아니다. 다만 어제는 당황했다. 사실 좀 이상하지 않냐. 난 네가 생각하는 것만큼 보수적인 사람은 아니다.”

“꽉 막혔잖아요. 고집도 세고.”

“믿건 말건 네 마음이지만 나도 조금쯤은 변한다. 방송국에 연락한 것 보면 모르겠냐. 어쨌든 넌 누구를 응원할 테냐.”

“말 안해도 아시잖아요?”

아버지와 스승님의 실력을 모두 본 사람은 나밖에 없다. 누가 더 명인일까. 붕어빵과 타꼬야끼를 일대일로 비교할 수 없다. 이런 걸 가지고 승부라니 아버지나 스승님이나 유치하긴 매한가지인데 결과를 보고 싶었다. 거창하게 말하자면 내가 믿었던 과거와 내가 믿고 있는 현재의 대결이었다. 그런 일은 일어나지 않겠지만 만약 스승님이 무력하게 진다면 내 미래가 바뀔까? 그럴 리 없다. 승패와 무관하게 나는, 타꼬야끼다.

박씨 아저씨는 재미있겠다는 이유 때문에 따라왔다가 방송국 카메라를 보자 뭐라고 중얼거리며 가버렸다. 윤씨 아저씨는 뭐라도 도와줄 것 없느냐며 엉거주춤하게 서 있었다.

“스승님, 정말 죄송합니다.”

“어제부터 신상은 계속해서 미안하다는 말을 하고 나는 괜찮다는 말을 하는 것 같군요. 신상, 괜찮습니다. 나 역시 한번 승부를 겨루어보고 싶었습니다. 승부욕이 전혀 없다면 거짓말이겠죠."

"공정할 리 없는 대결이니까요. 여긴 한국입니다. 방송국이 불타오를 각오를 한다면 모를까 결과가 뻔합니다."

"방송에 어떻게 나가든지 그건 상관없습니다. 방송은 방송일 뿐이니까요. 중요한 건 신상의 아버님과 신상, 저, 그리고 여기 있는 사람들입니다. 우리는 누가 더 맛있는지 알 겁니다. 그걸로 만족합니다."

멋진 말이지만…… 하긴, 남들에게 잘 보이기 위해, 화려한 삶을 살기 위해 붕어빵과 타꼬야끼를 선택했던 건 아니지만……

"그런데 신상."

"네, 스승님."

"대결에 앞서 부탁 하나만 들어줄 수 있을까요?"

"물론입니다, 스승님."

"나 대신 신상이 나가야 될 것 같습니다."

"어디를요?"

스승님은 대답 대신 붕대를 감은 왼쪽 손목을 들었다. 그리고 내 눈을 똑바로 바라보았다. 나는 엉겁결에 고개를 끄덕였다.

*

모두 다 떠났다. 피디도, 리포터도, 윤씨 아저씨도, 구경하던 사람들도. 촬영은 떠들썩했으나 남아 있는 사람은 아버지와 스승님,

나뿐이었다. 불빛은 꺼지고 모두가 돌아가고 잔치는 끝났다. 남아 있는 불빛은 아버지의 리어카와 내 트럭에 달린 작은 전구가 뿜는 게 전부였다.

나 대신 스승님이 트럭을 정리했다. 송구스러웠지만 트럭을 정리할 힘이 조금도 남아 있지 않았다. 트럭 문을 닫으려는데 아버지가 리어카 포장을 마치고 걸어왔다. 아버지의 몸에서 달달한 팥앙금 냄새가 땀 냄새와 섞여 났다. 뜨거운 밀가루 반죽 냄새도 은은하게 났다.

"수고했다."

"아버지두요."

아버지가 헛기침을 했다. 나는 최선을 다해 타꼬야끼를 구웠다. 어제보다 더한 긴장감이 내 몸을 훑고 지나갔다.

촬영이 시작되자 리포터가 뭐라고 떠들었고 구경하는 사람들도 소리를 질러댔다. 카메라가 돌아가자 윤씨 아저씨는 평소와 다르게 말 많고 유쾌한 손님이 되었다. 윤씨 아저씨 말을 들은 게 마지막이었다. 세상의 모든 소리가 타꼬야끼 틀 속으로 빨려들어갔는지 내 귀에 아무 소리도 들리지 않았다. 분명 소리가 들리긴 했는데 기억나는 게 없다. 아버지와 나는 아무 말도 하지 않았다.

평범하게 느껴지는 아버지의 손놀림은 이때까지 본 모습과 다르지 않았다. 아버지는 아무 일도 아니라는 듯 태연하게 움직였다. 정신을 집중해야지. 아버지를 바라볼 때가 아니야. 스승님이 손수 가지고 온 재료들로 타꼬야끼를 구웠다. 재료 하나하나에서 스승님의 마음을 느낄 수 있었다. 어제 내가 꺼냈던 문어가 부끄러웠다. 스승님의 문어는 세밀한 아름다움을 품고 있었다. 혼을 다해 문어를 삶고 조심스럽게 칼로 썬 흔적이 문어 조각의 단면에 남아 있었다. 문어 조각이 곧 스승님이었다.

그 재료 위에 내가 깨달은 모든 것을 쏟아부었다. 아버지, 그냥 지지는 않을 겁니다. 모두 깨닫지는 못해도, 모든 힘을 불어넣을 테니까요. 아버지는 국화빵을 버리고 붕어빵의 세계를 여셨죠. 저는 아버지의 붕어빵을 넘어서는 타꼬야끼의 세계를 만들어나갈 겁니다. 달리기와 악력 운동으로 단련해서 얻어낸 젊고 싱싱한 기운을 담아낼 겁니다. 타꼬야끼의 아래쪽 반죽이 다 익자 문어를 하나씩 넣었다. 아버지는 무표정하게 팥앙금을 쳐 넣고 있었다. 굴리기송곳을 너무 세게 쥐었는지 손목이 아팠다.

타꼬야끼를 굴리다가 다시 아버지를 바라봤다. 아버지 이마에 땀이 맺혀 있었다. 조명 때문일지도 모른다. 한여름에도 땀 한 방울 흘리지 않는 아버지의 이마가 번들거렸다. 이제 보니 아버지 머리카락이 많이 없었다. 대머리는 유전이라는데.

그래, 조명 때문일지도 모른다. 그래, 조명 때문이 아닐 수도 있다. 아버지의 오른쪽 어깨가 살짝 떨리는 게 보였다. 갑자기 눈앞이 흐려져 손으로 닦고 싶었는데, 카메라 때문에 그럴 수 없었다. 눈을 훔친 손으로 음식을 만들 수는 없다.

손을 떨지 않고 타꼬야끼를 구울 수 있었다. 지난번 방송 촬영 때보다 더 편하게, 실수 한번 없이 타꼬야끼를 구웠다. 반죽이 익어가는 소리에 맞춰 심장이 뛰고 심장이 뛰는 소리에 맞춰 반죽이 노릇노릇하게 구워졌다. 아주 가끔 심장이 빨라질 때면 스승님이 있는 곳을 바라봤다. 스승님의 눈을 보고 나니 굴리기송곳이 내 손가락보다 더 유쾌하게 타꼬야끼 틀 위를 뛰어다녔다.

마무리가 중요하다. 많은 풀빵들이 새로운 재료나 모양으로 새로움을 추구하지만 실패로 끝나는 것은 늘 마무리를 짓지 못하기 때문이다. 밀가루의 두께를 이기지 못하고 속이 터져버린다거나 모양은 그럴듯하지만 충분히 익지 않는다거나. 매력이 살아 있으면서도 끝이 무너지지 않게. 드디어 타꼬야끼의 모양이 완전해졌다. 통통하게 구워진 타꼬야끼에서 탄성이 느껴졌다. 어디 던져도 통, 통 하고 튕겨 되돌아올 것 같았다.

나도 모르게 침이 꼴깍 넘어갔다. 아버지, 이 냄새를 맡아보시죠. 다 끝내고 나니 타꼬야끼 한 판을 구운 시간이 군생활처럼 길게 느껴졌다. 고문관에서 붕어빵 장군으로 승진했던 기억이 났다. 내가 구워낸 타꼬야끼의 계급은 이등병이 아니라 최소한 투 스타였다.

“방송에야 뭐, 아버지가 이긴 걸로 나가겠지만, 아닌 거 아시죠?”

“이긴 걸로 나가는 게 아니라 당연히 이긴 거였다.”

“아시면서. 홈그라운드의 이점 때문이잖아요. 한일전 같은 애국심 같은 것도 들어가 있고.”

“변명은 짧을수록 좋단다. 길면 듣기 싫거든. 예전에도 그랬지만 갈수록 사람들이 자기가 보고 싶은 것만 믿으려 하는구나. 그런데 말이다.”

"네."

"역시 그 실력으로 붕어빵을 계속했으면 더 좋았을 텐데. 물론 타꼬야끼라도 괜찮다. 그래도 붕어빵이 낫지 않겠냐? 나도 요즘은 매운 붕어빵이라거나 황금잉어빵 같은 것도 인정해줄 마음이 생겨가는 참이다. 크림이 들어간 붕어빵을 좋아하는 사람들이 있다면 그런 것도 필요할지도 모르지. 넓은 마음으로 다시 한번 기회를 주마."

"아버지, 술 한잔 하실래요?"

술을 마셔야만 하는 시간이 있다. 아버지와 스승님이 한참 떠들었다. 아버지가 술을 마시는 것도 스승님이 술을 마시는 것도 처음 봤다. 이때까지 어떻게 참았는지 의아할 정도로 둘 다 술을 잘 마셨다. 소주가 바삐 뛰어왔다. 두 명인의 입에서 소주 냄새가 심하게 났다. 두 사람이 어깨동무를 하자 내가 벌써 술에 정신이 나갔나 싶었다. 아버지와 스승님의 키가 비슷해 어깨동무가 잘 맞았다. 오히려 나는 대화에서 소외되어 멀뚱멀뚱 두 사람이 떠드는 것만 구경했다. 가장 젊은 내가 술이 가장 약했다.

공정할 수 없는 대결이었다. 리포터는 공평한 듯하면서도 붕어빵에 훨씬 많은 비중을 두어 칭찬했고 방송 편집은 뻔했다. 얼굴만 예쁘면 뭐하나 공정하지 않은데. 하긴 리포터가 무슨 죄가 있나, 피디 잘못이지. 뭐, 피디도 꼭…… 그래도 리포터보다 현지가 세 배쯤 낫다. 아니, 내가 왜 자꾸 이러지? 현지 생각을 나게 만드는 술 탓이다.

아버지의 붕어빵은 최고였다. 내가 구운 타꼬야끼는 이때까지 구운 것 중 최고였다. 다시 이런 타꼬야끼를 구울 수 있을지 자신이 없을 정도로 맛있는 타꼬야끼였다. 완벽한 구 모양이었고 면면마다 살짝살짝 갈색 모양의 탄 흉터 같은 흔적이 남아 있었고 카쯔오부시와 쏘스의 양도 딱 적당했다.

내가 구운 것 중 최고의 타꼬야끼였지만 아직 부족한 게 느껴졌다. 구체적으로 무엇이 부족한지 알 수 없었다. 정성, 시간, 노력, 차이, 생각지 못한 무엇…… 이 모든 것일지도 모르지. 그래도 화장실에서 순산을 마친 것 같았다. 꼭 원인을 알고 깨달음을 얻어야 시원한 건 아닌가보다. 몰라도 기분 좋을 수 있다. 똑똑하다고 변비에 걸리지 않는 것도 아니다. 똑똑한 사람이 오히려 인상 찌푸리며 요구르트를 입에 달고 살지.

"아버지, 풀빵은 무승부라고 치고 저랑 팔씨름으로 결판내는 건 어때요? 어렸을 때처럼."

"이긴 걸 무승부라고 치자니 내 아들이지만 참 뻔뻔하다. 어렸을 때도 내가 봐줬단 생각은 못하는구나. 자식을 낳아봐야 알 텐데. 이거나 받아라."

오랫동안 잊고 있었는데 아직까지 있었구나. 처음 이걸 잡던 기억이 났다. 금속 특유의 차갑고 단단한 느낌, 이걸로 뭐든 다 만들 수 있을 것 같던, 이것만 있으면 누구와 싸워도 지지 않을 것 같던, 처음 이걸 잡았던 때.

"니가 두고 간 붕어빵틀이다. 집 비좁다. 쓰지 않더라도 가져만

가라."

먼지 하나 묻지 않은, 잘 길들인 붕어빵틀. 조심스럽게 붕어빵틀을 손으로 쓸어보았다. 익숙하면서도 차가운 느낌이 났다. 붕어빵틀을 두 손으로 맞잡았다.

"이거, 패배를 인정하고 손 내미는 건가요?"

"아직 실력의 차이를 모르는구나."

"알지요. 신상은 잘 압니다. 나는 신상을 보면 기분이 좋습니다. 신상은 어디 가서도 사랑받는 타꼬야끼를 구울 수 있습니다."

"하긴, 내 아들이니까. 사또오, 고마워. 그런데 사또오만 아니었으면 재는 붕어빵을 구울 텐데."

"아버지!"

"농담이다 농담. 반쯤만 농담."

아버지가 비틀거리며 화장실에 갔다. 스승님 얼굴은 붉게 달아오르다 못해 시뻘겠다. 스승님이 왼쪽 손목의 붕대를 천천히 풀었다. 한덩어리처럼 보이던 붕대가 느릿느릿, 얇고 길게 펴졌다. 풀린 붕대가 바닥에 흘러 쌓였다. 붕대의 산에서 파스 냄새가 났다. 스승님의 손목은 얇았다. 타꼬야끼라도 부지런히 드셨으면 저렇게 야위진 않았을 텐데. 아버지가 괜히 아침으로 붕어빵을 드시는 게 아니구나. 오른손으로 왼쪽 손목을 어루만지던 스승님이 트럭으로 가더니 무거운 것을 힘들게 들고 왔다. 가서 들어드리려 했지만 술기운 때문인지, 이상하게 꼼짝할 수 없었다. 나는 걸어오는 스승님을 멍하게 쳐다봤다.

“두고 가겠습니다. 미리 알았으면 새 틀을 만들어왔을 텐데……”

스승님은 타꼬야끼 틀을, 나는 붕어빵틀을 서로에게 건넸다. 스승님에게 조금 더 칭찬을 듣고 싶었는데 아버지가 화장실에서 돌아오는 바람에 이야기가 끊어졌다. 스승님과 아버지는 풀빵에 대해 떠들었다. 반죽의 끈기에 대해, 팥앙금의 달콤함과 문어의 중요성에 대해, 풀빵의 가치와 미래에 대해. 두 사람은 취해서도 잘 떠들었다. 서로 의사소통이 되고 있는 걸까. 주는 대로 받아 마시는 게 아니었는데…… 내가 테이블에 머리를 박아도 시끄러운 건 여전했다. 내 그럴 줄 알았지.

에필로그

편지

미안해요.

뭐라고 해도 미안하다는 말 말고는 할 말이 없어요. 미안한 건 미안한 거니까요. 그래도 이미 여기는 사부가 오고 말고 할 수 있는 곳이 아니라서 안심.

다시 한번 미안해요, 사부. 근데 내가 미안해해야 하나? 사부도 연락 안 받고 마음대로 군 적 있고, 연락 좀 안했다고 이만큼 미안할 것까진 없을 것 같은데. 왠지 미안하다고 쓰고 싶어요. 그러고 보니 몇살 차이도 안 나는데 사부, 사부 그러는 것도 조금 억울하네요. 하여튼, 그래도 타꼬야끼 굽는 법을 가르쳐주신 분에게 선배라고 부르면 건방지고 오빠는 민망하니 그냥 예전처럼 사부로 하죠.

사부 때문에 그런 건 아니에요. 그 일…… 에이, 역시 미뤄둘래요. 회피하는 게 옳지 않더라도 한참 뒤에 생각하는 게 역시 좋겠어요. 어찌 보면 힘들어서, 술김에, 살다보면 별것 아닌 일이라지만 한없이 복잡한 일이기도 하니까요. 근데 회피가 꼭 나쁜 걸까요? 시간이 해결해주진 않더라도 시간이 필요한 일도 있겠죠. 이걸로 자기합리화 완성.

삼차, 그러니까 최종합격자 발표가 났어요. 일찌감치 떨어졌으면서도 합격한 친구들을 보니 입맛이 없었어요. 걔들이 나보다 잘난 것도 없는데, 열심히한 것 같지도 않은데, 나도 정말 누구 못지않게 열심히했는데…… 하염없이 원망과 한탄만 하고 있는데 이곳 전임자였던 선배가 갑자기 귀국한다고 대타를 찾는 전화를 받았어요. 빨리 결정을 해야 해서 생각할 시간도, 준비할 시간도 별로 없었던 게 다행이었어요. 역시 고민할 시간에 무작정 질러보는 게 답이죠. 어떻게든 그 상태에서 벗어나야 한다는 생각은 들었어요. 사부한테 연락할 시간도 없었던 건 아니지만…… 여기 오니까 사부 생각이 자주 나네요. 심심할 때도 많고. 텔레비전도 무슨 말인지 알아들을 수가 없어요. 걔들은 왜 웃는 걸까 하다보면 방송이 끝나죠.

필리핀이에요. 믿어도 그만 안 믿어도 그만이니 마음대로 하세요. 어찌 될지 모르지만 지금은 학생들에게 한국어를 가르쳐요. 여기서도 정규직이 아닌 건 마찬가지예요. 일년 계약직인데 연장되기도 하고 안되기도 하거든요. 한국에서 기간제 자리라도 얻으려 했는데 요즘 그것도 어려워요. 치열하게 경쟁하고 열심히 공부하는 목적이 비정규직이 되는 거라니. 예전에 대학원 다니는 친구가 사오년 열심히 공부하면 비정규직 시간강사가 될 수도 있다고, 그 자리 때문에 모함까지 한다고 할 땐 농담인 줄 알았어요. 걔는 아직 공부한다는데, 얼굴 못 본 지 오래되었네요. 학교 도서관에 같이 있었을 텐데.

몇년 공부했더니 집에 기둥 하나가 안 보여요. 아니 두개쯤? 무너지지 않은 게 신기했지만 곧 무너지기 직전이던걸요. 엄마가 진작 말해줬으면 일년 정도 기간제라도 뛰면서 공부했을 텐데. 공부만 해도 떨어지는데 일하면서 붙을 거라고 생각하진 않지만. 전임자였던 선배 언니 전화 받고 고민하고 있는데 엄마가 미안하지만 이제 공부 그만하는 것도 생각해보라고…… 돈도 필요하고 경력도 쌓을 수 있어서 급하게 왔어요. 어차피 임용시험 강의는 인터넷으로 들으니 계속 준비도 할 수 있어요. 덤으로 기분 전환. 힘든 수험생활도 덜 떠올라요. 가끔 악몽은 꾸지만.

제가 원하던 삶과 얼추 비슷해요. 떠돌이는 아니지만 한국에 있을 때보다 여행은 많이 하고 있어요. 한달 사이에 다섯번이나 여행을 갔어요. 학생들 가르치는 것도 기분 좋구요. 학생들에게 국어를 가르치면서 동시에 학생들에게 영어를 배우니 서로 돕는 셈이죠. 잠깐, 사부 방금 임용시험 준비 안한다고 잔소리하려고 했죠!

가끔 타꼬야끼를 구워요. 더운 지방 사람들이라서 그런지 신기하게 봐요. 한국 전통음식이라고 뻥쳤어요. 학생들이 얼마나 절 좋아하는데요, 잘 속아요. 타꼬야끼 덕분에 빨리 친해질 수 있었어요. 재료도 매번 다르고 모양만 타꼬야끼랑 비슷한데 그래도 타꼬야끼죠. 간장 쏘스 없이 마요네즈만 뿌려주는데도 모두 맛있게 먹어요. 설마 억지로 웃으며 먹는 건 아니겠죠?

생각보다 훨씬 재미있어요. 처음 며칠은 잠도 못 자고 어떻게 일 년을 보낼까 했어요. 사부, 망고 먹어봤어요? 처음에는 망고스틴이 더 맛있고 망고는 좀 별로였는데 이제 망고가 더 맛있어요. 망고스틴과 망고는 이름만 비슷하지 생긴 거나 맛은 달라요. 망고가 맛있으면 여기 입맛으로 바뀐 거래요. 둘 다 망고라는 발음이 참 듣기 좋아요. 뭔지 모르면 인터넷에 검색해봐요.

몇달 만에 이사 갔을 리 없겠지만 사부가 이사 갔으면 이 편지도 반송되어 오겠죠. 반송되어서 돌아오면 나중에, 다시 타꼬야끼 사 먹으러 가볼게요. 헛수고라도, 이 편지가 되돌아오는 것도 재미있겠네요. 근데 국제우편도 반송이 되나? 되겠죠?

나 취직한 거 축하해줘요.

근데 사부, 나 좋아했어요?

*

선을 봤다. 여자가 물컵을 들었다가 그대로 내려놓아서 안도했다. 터덜터덜 돌아오니 편지가 와 있었다. 편지를 받아본 지가 하도 오래되어 무슨 고지서인 줄 알았다.

| 작가 인터뷰 |

인터뷰가 어때서

봄날 오후 두시, 김학찬 작가를 만나러 서교동 창비 인문까페로 갔다. 그는 '프로필 사진 찍기'라는 미션(!)을 막 끝낸 참이었다. 우리는 지난겨울 분주한 시상식 자리에서 스치듯 만나 "축하합니다", "감사합니다" 정도의 인사를 나눴다. 5회 수상자와 6회 수상자가 날 풀리자 서로 까페에서 다시 만나 인터뷰하는 모습은 어쩌면 아름다운 풍경일 수도 있겠다. 하지만 그런 수식은 내 스타일과는 좀 다르고, 또 김학찬 작가 소설도 능치는 데가 있으니까 다른 그림을 기대해봄 직도 하다. 예정된 시간은 한시간, 드넓은 창으로 빛이 들어오는 자리에 마주 앉았다. 깨끗한 테이블 위에는 A4 용지 몇장과 보이스 리코더, 그리고 그 몫의 커피와 내 몫의 밀크 티가 놓여 있다. 나는 알은체하며 묻는다. 책 제목이 확정됐는지, 표지

시안은 나왔는지.

그리고 차츰 알아간다. 치고받는 대화법을 구사하는 소설 속의 인물들은 작가의 성향을 반영한 건 아니었나보다. 힘을 빼고 쓴 듯한 작품의 분위기를 염두에 둔 때문이거나, 출간 이후의 다른 감응들이 지금의 말보다 중요할지 모른다는 조심스러움 때문이거나, 아님 다른 이유가 있을지도 모른다. 그런 짐작들을 해보며 그의 이야기를 들었다.

김학찬 작가가 주로 쓰는 이메일의 아이디는 'rhyme'이다. 십대와 이십대 초반에 들었던 힙합 음악을 요즘도 반복해 듣고, 시나 소설에서도 라임에 관심을 두는 편이다. 소설을 두고 그가 '끈끈하게'라고 표현하면 그것은 대개 '어둡고 진지하게'를 의미한다. 올여름 한 계간지에 『풀빵이 어때서?』에 비해 '끈끈한' 단편소설을 한편 발표할 예정이라 한다. 소설 속 부자가 서로 경쟁하듯 치고받으며 대화를 길게 이어가는 것과는 달리 실제 작가는 평소에 아버지와의 통화 시간이 일분이 채 되지 않는다. 소설을 읽다보면 돈독히 지내는 형이 있지 않을까도 싶지만, 실제로는 누나가 하나 있다.

*

—'붕어빵 명인의 아들이 타꼬야끼 장수로 자립하는 이야기로, 청년세대의 고통과 혼란을 경쾌한 화법과 유머감각으로 담아냈다'는 심사평

을 작품보다 먼저 보게 되면서, 궁금했다. '풀빵'을 소재로 삼아 이야기를 풀어가게 된 계기가 있는지? 작품을 쓰게 된 배경, 과정을 우선 소개해주면 좋겠다.

내가 사는 동네에 겨울부터 늦봄까지 타꼬야끼를 파는 트럭이 왔었는데 주인이 나보다 한두살 어려 보일 정도로 젊었다. 타꼬야끼 만드는 걸 구경하다가 맥도널드 아르바이트를 해 모은 돈을 밑천 삼아 장사를 시작했다는 이야기를 들었다. 그때 타꼬야끼를 소재로 삼으면 재미있겠다 싶었다. 길거리음식은 요리 과정 전체를 볼 수 있다는 점에서 흥미롭다. 풀빵은 호두과자도 그렇고 붕어빵도 그렇고 착착착, 하나씩 만들어져 나오는 느낌이 있는데, 그 점도 재밌다.

루저 문학이 한때 유행하지 않았나. 루저였다가 마지막에 잘되는 식의 이야기들. 그런 걸 읽을 때마다 난감했다. 나는 대학원을 다니는 것이 잘못된 선택이 아닌가 하고 친구들과 자조하며 이야기를 나누곤 한다. 십년 동안 열심히 공부해 수료하고 학위 받으면 그때부터 비정규직 시간강사를 시작하고, 대개가 그 길을 걸어가게 되기에 루저 기분에 젖어 살게 되는 경향이 있다. 처음부터 끝까지, 조금 과장되더라도 신념을 갖고 자기를 건강하게 밀고나가는 인물의 얘기를 해봐야겠다고 생각했다. 또 타꼬야끼가 인기가 있어지니까 학교 주변에 붕어빵 파는 데가 점점 보이지 않게 되었는데 그걸 통해 세대 얘기도 할 수 있을 것 같았고.

—주인공이 오오사까에 가서 타꼬야끼 스승을 만나는 얘기는 취재를 통한 것인가?

오오사까에 간 적은 있지만 취재차는 아니었다. 석사학위를 받기 한달 전, 성인이 되고 나서 처음으로 해외여행을 간 곳이 오오사까였다. 지도를 보고 금방 걸어갈 줄 알았는데 길을 잃고 배고파 죽는 줄 알았다. 허름한 타꼬야끼 집에 들어갔는데 아저씨가 한국말도 하시고 굉장히 친절했다. 타꼬야끼도 그때 처음 먹어본 것 같다. 소설을 쓰며 그런 경험을 조각조각 맞춰보는 재미도 있었다.

—주인공이 자기가 뭘 하고 싶은지도 잘 알고 있고, 열정도 있고, 남들의 시선에 주눅 들지 않고, 운도 따라준다. 가만 보면 아버지도, 타꼬야끼 스승도, 고등학교 때 담임, 박씨 아저씨, 현지도 참 좋은 사람들이고. 좋은 사람들을 만나는 건 인생에서 큰 축복이라는 생각이 내겐 있다. 그래서 여기 작가의 인생관이나 경험이 녹아 있는지, 그렇게 꾸린 의도가 있는 건지, 아니면 어떤 무의식이라도 반영된 것인지 묻고 싶다.

이 소설을 쓰기 시작할 때 한가지 원칙이 있었다. 재미있게, 정말 재미있게, 무조건 재미있게. 소설 쓰는 시간은 참 괴로운데 이 소설은 나 혼자 낄낄거리면서 썼다. 원고지 칠백장 정도 잡고 하루에 오십장씩 꾸준히 썼다. 나에게도 위로가 되는 시간이었다. 『풀빵이 어때서?』는 내가 정말 힘들 때 쓴 소설이다. 공부에 대한 회의도 컸고, 문학과 나 자신에 대한 믿음도 떨어졌을 때였다. 정말 마지막 소설이라고 생각하고 썼다. 우리가 위안을 얻기 위해 책을 읽는 것은 아니지만, 위안도 되지 않고 이해하기도 어려운 이야기가 많다고 생각한다. 나는 소설 쓴다는 생각보다는 이야기를 만든다는 생각으로 재미있게 가보자 계획했기에 지나친 악인을 등장시킬 수 없었고, 근거나 이유 없이 착한 결말에 이르면 나태한 태도이겠지만, 이 소설 같은 경우는 아예 처음부터 작정하고 이렇게 꾸렸다.

—개인적으로는 부자지간이 흥미로운 데가 있었다. 성인 남자와 그 아버지가 자기 일과 진로, 서로의 주관에 대해, 내용의 경중을 떠나 그렇게 유머를 곁들여 많이 대화하는 걸 보는 일이 흔치는 않았던 터라. 아버지 캐릭터는 어떻게 만들어지게 된 것인가?

이 질문에는 잠깐 암담해졌는데, 내게 모델로 떠올릴 만한 사람이 없어서 그런 것 같다. '내 아버지가 그러셔서'라고 말하면 좋겠지만 아버지는 경상도 분이고, 아버지의 다른 친구 분들에 비하면 그리 무뚝뚝한 편은 아닌데도 불구하고 전화 통화는 보통 일분 안에 끝난다. 소설 속 아버지 캐릭터는 순전히 상상이다. 소설에서는 아버지, 나, 현지 순으로 자기확신이 조금씩 약화된다. 아버지는 웃으면서 빈정거리는 데도 있고, 너 틀렸구나 하고 자기 고집대로 가는 캐릭터인데, 아무튼 확신에 찬 인간을 보여주고 싶었다.

—엉뚱한 질문이 될 수도 있지만, 붕어빵 장사는 확실히 계절을 탄다. 남다른 면을 지닌 이 아버지는 비수기엔 뭘 하며 어떻게 보냈을지, 아들과 어떤 시간을 보냈을지도 궁금해지더라. 소설 속에 다 담지 않은 그들

의 이야기도 있나?

소설 속 아버지는 너무나 붕어빵을 잘 만들어서 비수기가 없을 정도로 장사가 잘되는 설정이다. 그래서 돈에도 구애받지 않는다.

—긴 호흡의 글을 쓰다보면 쓰는 사람 맥이 빨라지는 대목이 있지 않나. 잘 안 풀렸던 대목에서 갑자기 이야기의 물꼬가 탁 트일 때라든가, 어떤 인물이 들어오면서 그 장면에 활기가 생긴다든가. 특별히 애정하는 대목이 있는지. 혹은 많이 고심했던 부분이라든가.

모든 부분이 잘 풀리고, 또 모든 부분이 막히는 것 같다. 속도를 내서 쓰고 문장 이상은 손보지 않았다. 도를 넘지 말자고 생각하지만 계획한 캐릭터보다 힘이 들어간다거나 하는 식으로 매 순간 도를 넘고 싶은 욕망이 생겼다. 그 욕망과 싸우며 분위기를 조율하는 게 어려웠다. 만화를 읽다보면 왜 1권과 10권의 그림체가 다른 경우가 있지 않은가. 처음부터 끝까지 같은 색깔을 유지하고 싶었다. 초고를 빨리 완성한 이유이기도 하다.

박씨 아저씨의 등장에 주인공이 험한 상상을 하는 부분, 부자간의 통화 등을 쓰면서는 나도 웃음이 났다.

—혹시 일본만화 좋아하나? 장편의 스트레스를 술로 풀었다고 들었는데 소설 말고, 술도 일단 빼고, 열광하는 취미생활이 있는지 궁금해진다.

만화는 잘 보지 않는다. 부모님이 어렸을 때부터 못 보게 하셔서 그런가. 『드래곤볼』을 스물아홉살 때 처음 봤다. 이것도 안 보니까 사람들하고 대화가 잘 안되더라. 영화도 요즘에는 일부러 찾아보지만 예전에는 킬링 타임이 아니면 잘 안 봤다. 영상물에는 한시간 이상 집중이 안되는 편이다. 이렇게 말하면 만화나 영화와 너무 거리가 먼 것 같아 보이는데 혼자 영화관은 잘 간다. 학교에 독립영화만 상영하는 곳이 있다. 다른 관객 없이 혼자 볼 수 있는 경우가 많아 가끔 간다. 소설을 읽고 쓰는 게 취미였는데, 공부하면서는 분석하며 보게 되고, 또 이게 일이 되니까 다른 취미생활을 찾아야겠다는 생각도 든다. 유일한 취미는 걷는 거다. 걷는 것을 좋아한다. 생각을 정리할 필요가 있을 때 걸으러 나가는 편이다.

—현지의 편지로 이 소설의 문을 닫게 된다. 이야기의 마지막 바통을 현지에게 넘겨준 이유가 있을 것 같다. 현지라는 인물로 대변될 수도 있는 비슷한 또래 젊은이의 고민에 대해서 목청을 드높이는 소설은 아니지만, 작가가 교육 쪽을 전공했으니 현지의 고민이 남 일 같지만은 않을 듯하다.

사실 주인공은 아버지란 생각이 든다. 그런데 이 소설을 읽을 독자는 아마 십대에서 삼십대 정도일 거다. 아버지는 확신에 차 있는 사람이지만 젊은 사람들이 봤을 때 동감할 수 있는 캐릭터는 아니지 싶다. 대부분의 사람들은 현지와 상황이 비슷할 거다. 그래서 현지의 처지도 아주 잘나가지도 또 너무 못 나가지도 않는 정도로 그려내려 했다. 현지란 캐릭터가 없으면 소영웅을 제시하는 데서 끝날 것 같아서 그걸 지양하고 싶다는 생각도 있었고. 현지가 어떤 현실성의 다리가 되었으면 했다. 루저 이야기로 가면 루저 이야기밖에 되지 않고, 그 반대급부는 결국에는 나는 이렇게 해냈다는 식의 소영웅 이야기가 될 텐데, 그건 원치 않았다. 영웅의 이야기를 하지 않으면서 패배도 이야기하지 않아야겠다고 생각했고, 어떻게든 유머를 살려보려 했다.

—창비문학블로그 '창문'에 실린 인터뷰에서 "이제부터 시작이라는 생각이 들었다"는 작가의 수상소감을 접했다. 가까운 시작부터 묻고자 한다. 다음 작품은 어떤 방향이 될까? 혹 이번 소설과는 다른 시도를 해보고 싶은가?

수상 소식 접하고 그 생각을 제일 많이 했다. 그전에는 다음 소설을 발표할 기회가 없으니 고민할 필요도 없었고. 사실 이번 소설이 나로선 새로운 시도였다. 그전에는 어두운 분위기의 소설들을 썼는데, 장편은 분량도 있으니까 쓰면서 일단 나 자신이 힘들지 않게 재밌어야 한다는 생각이 들어 안하던 걸 해봤다. 그런데 이 작품으로 상도 받게 되니까 내 재능이 여기에 있나 싶기도 하다. 한번쯤 더 해봐도 되지 않을까 하는 생각과 전작의 모방에 그치지 않을까 걱정되는 마음이 공존한다. 삼 대 칠 정도? 경쾌한 거 하고 싶다는 게 삼 정도인데, 장편을 '끈끈하게'(아주 진지하고 어둡게) 쓰는 건 아직은 어렵지 않을까 한다. 첫째도 이야기, 둘째도 이야기, 마지막도 역시 이야기라고 생각한다. 읽는 사람이 재밌었으면 좋겠다.

—요즘 읽고 있는 소설은 무엇인가?

최근에 2000년대 초에 발간된 계간지들을 죽 읽고 있다. 발표됐던 소설의 흐름이나 특징을 살펴보고 싶었다. 논문 때문은 아니고 개인적인 호기심 때문이다. 나는 2000년대 이후 소설을 읽으며 자란 세대다. 그때 내가 읽었던 작품을 쓴 작가들이 현재 활동 중인지, 어떤 작품을 발표하고 있는지를 살피며 지형도랄까 그런 걸 그려보고 싶다.

—마지막으로 누군가 묻지 않았으나 마음에 남는 말이 있다면 들려주기 바란다. 그게 아니면 미지의 독자에게 영상편지를 쓴다 치고 한마디 하면 어떨지.(카메라는 없지만……)

다음 소설은 어떨까 하고 기대하게 만드는, 항상 다음이 궁금해지고 기다려지는 작가가 되고 싶다. 『조동관 약전』. 대학교 1학년 때 그 책이 너무 재밌어서 성석제 작가의 소설을 다 찾아봤다. 독서가 끝나면 책을 덮고 마는 것이 아니라, 딴 일을 제쳐놓고 그 작가의 다음 작품을 찾아보게끔 된다면 좋을 것 같다.

*

그는 이번에 수상하지 않았다면 재능이 없다고 생각하고 그만두었을지도 모른다며 수상 소식이 의외였다고도 했으나, 한편으론

'재미'를 강조하는 자기 말 속에 숨은 욕망의 방향을 의식하기도 했다.

이튿날 밤에 인터뷰 내용을 정리하기 위해 녹음파일을 청취했다. 어떤 부분에서는 주변의 소음 때문에, 또 어떤 대목에선 놓친 단어나 뉘앙스를 확인하려고 잠시 멈췄다. 그의 목소리는 낮은 편이고 약간 사투리 억양이 묻어난다.

인터뷰를 끝내고 함께 까페 밖으로 나오던 때의 풍경을, 이 글을 쓰는 동안 두어번 마음속으로 그려보게 됐다. 나는 근방에 다른 약속이 있어 그리로 가야 했고, 그는 가까운 지하철역으로 가야 했다. 우리는 짧은 골목길을 따라 걷다가 갈림길에서 인사하고는 흩어졌다. 뒤돌아서면서, "걷는 것을 좋아한다"고 말하던 때 그의 표정을 떠올려보려 했다. 스타카토처럼 짧게 떠올랐다 사라지는 일상의 어떤 순간들을. 금요일 오후의 햇살은 그러나저러나 좋았다.

기준영(소설가)

| 심사평 |

수상작은 청년 세대의 고통과 혼란을 경쾌한 화법과 발랄한 유머감각으로 담아낸 김학찬의 『풀빵이 어때서?』이다. 붕어빵 명인의 아들이 타꼬야끼 장수로 자립하는 이야기를 그린 이 작품은 소재에 대한 장악력이 좋고 인물들이 생생하게 살아 있으며 간결한 대화를 위주로 전개하는 스토리텔링 솜씨도 군더더기 없이 깔끔하다. 재치있는 발상과 기발한 화법의 이면에는 이 시대의 젊은 세대가 당면한 고민을 따뜻하게 성찰하는 진중하고 균형 잡힌 문제의식 또한 갖추고 있다. 이 작품의 매력과 활기는 주로 주인공-화자의 독특한 위치에서 나온다. 그는 확신에 찬 계몽적 주체가 아니라 불안한 비정규직 세대이고, 고백하는 1인칭이 아니라 대화를 즐기는 3인칭이며, 미성숙한 화자가 아니라 의뭉스러운 이야기꾼이다.

속이 꽉 찬 이 스물아홉살 청년 화자는 자신의 처지를 낙관도 비관도 하지 않는 덤덤한 적극성과 타인에 대한 은근한 연대감을 두루 갖추고 있어 새로운 사회적 자아의 탄생을 예감하게 하기도 한다. 수상자 김학찬 씨에게 축하를 보내며, 아버지 세대의 유산을 삐딱하게 이어받는 주인공처럼 한국소설의 전통을 가로질러 새로운 영토를 개척하는 창의적인 작가로 성장하기를 기대한다.

제6회 창비장편소설상 심사위원 | 강영숙 은희경 조해진 진정석 천운영 |

| 작가의 말 |

이야기를 세번째 한다. 소설에서, 인터뷰에서, '작가의 말'에서. 이미 이야기를 하고도 다시 반복하는 이유를 생각해본다. 형태만 바뀐 반복을 걱정하면서도 '작가의 말'을 쓰고 싶은 이유는 무엇일까.

소설은 내 손을 떠났다. 인터뷰는 기실 나의 것이 아니다. '작가의 말'은 어쨌건 김학찬의 것이다. 누가 읽더라도, 이 글의 주인은 나다. 억지로 만들어낸 변명이라는 의심이 들지만, 군더더기처럼 보이는 '작가의 말'이 필요한 이유가 여기에 있다. 추수가 끝난 들판에 서 있을 때는 무엇인가라도 한움큼 쥐고 있어야만 마음이 놓인다.

우여곡절이 있었다. 소설가가 되고 싶긴 했지만 꼭 꿈꾸지는 않았다. 누구에게나 있는 잠깐의 창작욕이었을지도 모른다. 대학원에 진학하면서 소설을 쓰지 않겠다고, 쓰지 못할 것이라고 생각했다. 몇년 동안 가끔씩 생각만 하다가 박사과정에 입학하자 다시 쓰고 싶어졌다. 여차 저차 해서 나온 결과물 중 하나를 던진다. 내가 던졌지만 아직 구종(球種)을 모르겠다. 만약 '작가의 말'부터 읽은 경우가 아니라면—이미 독자들은 구종과 결과에 대한 판정을 내렸을 것이다. 심판을 존중한다. 이제 공 두개를 던졌다. 내 어깨가 몇개까지 버텨줄 수 있을지 나도 궁금하다.

약속한다. 투수의 마음을 잠시 훔쳐본다. 마운드 위에 서 있는 기분으로 쓰겠다. 응원 소리도 들리고 겨우 이거냐는 야유도 들린다. 안타, 몸에 맞는 공, 강판에 대한 걱정…… 우선 집중하는 수밖에 없다.

아무리 훌륭한 투수라도 결정구로만 던질 수는 없다. 마음 편하게 먹자. 한두번 맞는다고 지는 건 아니다. 사실, 어렸을 때부터 투수를 꼭 해보고 싶었다. 소설가와 투수가 비슷한 것 같다고 말하면 투수들은 화를 내거나 '소설 쓰고 있네'라고 웃을 것이다. 유명한 소설가가 되면 시구(始球)를 할 수 있을까. 이런, 너무 나갔다.

2013년

김학찬, 던졌다

풀빵이 어때서?

초판 1쇄 발행 • 2013년 5월 7일
초판 11쇄 발행 • 2023년 10월 31일

지은이 / 김학찬
펴낸이 / 염종선
책임편집 / 윤자영
펴낸곳 / (주)창비
등록 / 1986년 8월 5일 제85호
주소 / 10881 경기도 파주시 회동길 184
전화 / 031-955-3333
팩시밀리 / 영업 031-955-3399 · 편집 031-955-3400
홈페이지 / www.changbi.com
전자우편 / lit@changbi.com

ⓒ 김학찬 2013
ISBN 978-89-364-3402-1 03810

* 이 책 내용의 전부 또는 일부를 재사용하려면
반드시 저작권자와 창비 양측의 동의를 받아야 합니다.
* 책값은 뒤표지에 표시되어 있습니다.